米蘭·昆德拉

雅克和他的主人

向狄德羅致敬的三幕劇

尉遲秀——譯

MILAN KUNDERA

JACQUES ET SON MAÎTRE * HOMMAGE À DENIS DIDEROT EN TROIS ACTES

目錄

序曲——寫給一首變奏

1

俄國人[1]於一九六八年佔領我的祖國，當時我寫的書全被查禁了，一時之間，我失去了所有合法的謀生管道。那時候有很多人都想幫我。一天，有位導演跑來看我，問我要不要把杜思妥也夫斯基的《白痴》改編成劇本，再以他的名義發表。

※本書註釋全為譯註，後續註解處不再逐一說明。

1. 昆德拉在其評論集《小說的藝術》中明白宣示，他「不用蘇維埃（sovietique）這個形容詞。蘇維埃．社會主義．共和國．聯盟，『四個詞，四個謊言』（加斯托希亞迪〔Cornelius Castoriadis〕語）。蘇維埃人民：是一扇屏風，在屏風背後，被這個帝國俄羅斯化的所有國家，都該遭人遺忘。……蘇維埃這個詞讓人以為……俄羅斯（真正的俄羅斯）……可以不必對這一切的控訴負責。」因此他從不使用「蘇聯」、「蘇維埃」等詞，而用「俄羅斯」、「俄國」、「俄國人」等詞，表明作者堅持指明歷史責任的源頭。

為此我重讀了《白痴》，也了解了一件事，那就是即便我餓死了，也無法改編這部小說。因為我厭惡書中的那個世界，一個由過度作態與暗晦深淵，再加上咄咄逼人的溫情所堆砌起來的世界。然而正是在彼時，一股對於《宿命論者雅克和他的主人》的莫名鄉愁卻由心底驀地升起。

「您不覺得狄德羅會比杜思妥也夫斯基好些嗎？」

他不覺得。而我，我卻揮不去那古怪的念頭；為了盡可能與雅克和他的主人長相左右，我開始將他們想像成我自己戲裡的人物。

2

為什麼會對杜思妥也夫斯基有這般突如其來的強烈反感呢？

是身為捷克人，因為祖國被佔領而心靈受創，所反射出來的仇俄情緒嗎？不是，因為我對契可夫的喜愛不曾因此中斷。是對杜思妥也夫斯基作品的美學價值有所懷疑嗎？也不是，因為這股對杜思妥也夫斯基的強烈反感，連我自己都感到驚訝，這種感覺根本沒有絲毫的客觀性。

杜思妥也夫斯基之所以讓人反感，是因為他書中的氛圍；在那個宇宙裡，萬事萬物都化為情感；也就是說，在那兒，情感被提昇至價值與真理的位階。

捷克被佔領之後的第三天，我驅車於布拉格和布德若維斯城（卡繆的劇作《誤解》〔*Malentendu*〕中的背景城市）之間。在路上、在田野裡、在森林中，處處可見俄國步兵駐紮的軍營。車行片刻，有人將我攔下，三個大兵動手在車裡搜索。檢查完畢，方才下令的軍官用俄語問我：「卡喀，粗夫斯特夫耶帖斯？」意思是說：「您有何感想？」問句本身既不兇惡也無嘲諷之意，問話完全沒有惡意。

軍官接著說：「這一切都是誤會。不過，問題總會解決的。您應該知道我們是愛捷克人民的。我們是愛你們的！」

原野的風光遭到坦克摧殘蹂躪，國族未來的數個世紀都受到牽連，捷克的國家領導人被逮捕、被劫持，而佔領軍的軍官卻向你發出愛的宣言。請不要誤會我的意思，佔領軍軍官並無意表達他對於俄國人入侵捷克的異議，他絕無此意。俄國人的說法和這位軍官如出一轍：他們的心理並非出自強暴者虐待式的快感，而是基於另一種原型——受創的愛——為什麼這些捷克人（我們如此深愛的這些捷克人！）不想跟我們一塊兒過活，也不願意跟我們用同樣的方式生活呢？非得用坦克車來教導他們什麼是愛，真教人感到遺憾。

3.

感性對人來說是不可或缺的，但是自從人們認為感性代表某種價值、某種真理的標竿、某種行為判準的那一刻起，感性就變得令人駭怕了。最高尚的民族情感好整以暇，隨時準備為最極端的恐怖行徑辯護；人們懷抱滿腔抒情詩般的情感，卻以愛為聖名犯下卑劣的惡行。

感性取代了理性思維，成為非知性和排除異己的共同基礎；感性也成為如榮格（Carl Gustav Jung）所說的「暴行的上層結構」（la superstructure de la brutalité）。

情感躋身於價值之列，其崛起的源頭上溯極遠，或許可以直溯至基督宗教和猶太教分道揚鑣的時刻。「敬愛上帝，行汝所欲」，聖奧古斯丁如是說。這句名言寓意深遠：真理的判準從此由外部移轉到內部——存在於主觀的恣意專斷之中。愛的模糊感覺（「敬愛上帝！」——基督宗教的命令）取代了律法的明確性（猶太教的命令），並且化身為朦朧失焦的道德判準。

基督宗教社會的歷史自成一感性的千年學派：十字架上的耶穌讓我們學會了向苦難獻媚；洋溢著騎士精神的詩篇告訴人們什麼叫做愛；布爾喬亞的家族關係勾起我們對於家族的懷舊感傷；政治人物的蠱論滔滔成功地將權力慾「情感化」。正是這段漫長的歷史造就了情感所擁有的權力、豐富性及其美麗容貌。

不過，自文藝復興以來，西方的感性因為某種與其互補的精神而獲得平衡：這種精神就是理性與懷疑，遊戲以及人文事物的相對性。於是，西方文明得以進入全盛時期。

索忍尼辛於其著名的哈佛演說中，將西方危機之濫觴置於文藝復興時期。這樣的論點顯現了俄羅斯文明的殊異之處；事實上，俄羅斯的歷史之所以有別於西方，乃因文藝復興不曾出現在這個國家，而文藝復興的精神也未曾在此地應運而生。這正是為何在理性與感性之間，俄國人的心理所感受到的是另一種不同的關係；而俄羅斯靈魂（其深沉及其粗暴）的神祕之處就存在這種關係裡。

當俄羅斯沉重的無理性降臨我的祖國，我本能地感受到一股想要恣意呼吸現代西方精神的需要。而對我來說，似乎除了《宿命論者雅克和他的主人》之外，再也找不到如此滿溢著機智、幽默和想像的盛宴。

4.

要是真得給自己下個定義的話，我會說自己是個享樂主義者，被錯置於一個極端政治化的世界。《可笑的愛》所敘述的就是這種情境，在我寫的小說裡，我最鍾愛的正是此書，因為它反映了我生命中最幸福的時期。多麼奇怪的巧合啊：在俄國人入侵的前三天，我寫完這本書的最後一個短篇（我在六〇年代陸陸續續完成這些短篇）。

法文版《可笑的愛》於一九七〇年在法國出版，有人因此提到了啟蒙時代的傳統。由於被這樣的比擬所感動，我帶著近乎幼稚的熱切心情接著說，我喜愛十八世紀。老實說，我並沒有那麼喜歡十八世紀，我喜歡的是狄德羅。說得更實在些，我喜愛他的小說。若要再更精確的話，我愛的是《宿命論者雅克和他的主人》。

我對狄德羅作品的看法當然是非常個人的，但是或許也不無道理：事實上，我們可以忽略做為劇作家的狄德羅；而嚴格說來，即使不讀這位偉大百科全書作者的論文，我們仍然可以理解哲學的歷史。但我堅決認為，如果略過了《宿命論者雅克和他的主人》，我們就永遠無法理解小說的歷史，也永遠無法呈現其全貌。我甚至還要說，僅僅將這部作品置於狄德羅的個人作品中來檢視，而不是將之置於世界小說的脈絡，這樣對作品本身是不公平的：只有將這部作品與《唐吉訶德》或《湯姆．瓊斯》、《尤利西斯》或《費迪杜爾克》（*Ferdydurke*）並列，才能讓人感受到它真正偉大之處。

或許有人會反對我的說法，他們會說，《宿命論者雅克和他的主人》和狄德羅的其他成就相較起來，不過是部遊戲之作，況且這本小說還受到其雛形——勞倫斯．斯坦恩（Laurence Sterne）的《崔斯川．山迪》（*Tristram Shandy*）——極大的影響。

5.

常聽人說，小說已窮盡一切的可能性了。我的想法恰恰相反，在小說四百年的歷史裡，小說漏失了諸多可能性：小說仍然留下許多我們不曾探索過的盛大場景、許多被我們遺忘的途徑、許多人們未曾理解的召喚。

勞倫斯·斯坦恩的《崔斯川·山迪》正是一股遭人遺忘的重要推動力。小說的歷史對山繆爾·理查生（Samuel Richardson）的寫作模式所做的探索可說是淋漓盡致——在「書信體小說」的形式裡，山繆爾·理查生發掘了小說藝術在心理層面的可能性。相對地，小說的歷史對於斯坦恩的創作所蘊含的觀點，卻僅賦予極少的注意。

《崔斯川·山迪》是一部遊戲小說。斯坦恩在小說主人翁的胎兒期和誕生的這段日子駐足良久，為的是要肆無忌憚，並且近乎一勞永逸地拋開主角生活的故事；斯坦恩和讀者聊到天南地北，迷失在無窮無盡離題的話語裡；斯坦恩開始述說一段沒完沒了的插曲；然後在小說的中間插入卷首的題獻和序言；諸如此類。

總之，斯坦恩並不在情節的一致性——就小說的概念本身而言，我們自然而然地將之視為小說固有的原則——之上構築故事。小說作為一場充滿虛構人物的精彩遊戲，對斯坦恩來說，是開拓形式的無限自由。

為了替勞倫斯．斯坦恩辯護，一位美國的評論家寫道：「Tristram Shandy, although it is a comedy, it is serious throughout.」（「雖然《崔斯川．山迪》是齣喜劇，但這齣戲從頭到尾都很嚴肅。」）[2]天哪，請告訴我，一齣嚴肅的喜劇是什麼模樣？不嚴肅的喜劇又是如何？這位評論家的話是空洞無義的，然而這句話卻毫無保留地洩漏了充斥於文學評論的一種心態——那種面對一切非嚴肅事物所產生的恐慌。

2. 作者在原文（法文）中，直接以英文引用此句。括弧內的翻譯為譯者所加。

不過我還是非說不可：從來沒有哪一本稱得上小說的作品，會把這個世界當回事。「把這個世界當回事」又是什麼意思？這不正是說：信仰這個世界想要讓我們相信的。而從《唐吉訶德》到《尤利西斯》，小說一直在做的，正是對這個世界要我們相信的事情提出質疑。

或許有人會這麼說：小說可以一方面拒絕信仰這個世界要我們相信的事，同時卻又保有對於本身信服的真理之信仰；小說可以既不把世界當回事，卻又嚴肅地看待自己。

究竟「嚴肅看待一件事」是什麼意思？嚴肅就是信仰自己想讓別人相信的事情嗎？

事情不是這樣的，這不是《崔斯川．山迪》這本書要說的；這本書（容我再借用一下那位美國評論家用過的字眼），throughout，從頭到尾，完全是非嚴肅的；它什麼也沒打算讓我們相信——既沒打算讓我們相信其人物的真實性，也沒打算讓我們相信作者的真實性，遑論作為文學類型的小說之真實性——一切都被劃上問號，一切都被質疑，一切都是遊戲，一切都是消遣（並且不以消遣為恥），而這一切所衍生出來的，正是小說的形式。

斯坦恩發現了小說無限的遊戲之可能性，也因此開闢了一條發展小說的新道路。但是，沒有人聽見他「旅行的邀約」，沒有人跟隨他的腳步，沒有人——只有狄德羅。

只有狄德羅一人獨自感受到這新的召喚。當然，若以此為由而否定其原創性是非常荒謬的。沒有人會因為盧梭（Rousseau）、拉克羅（Laclos）、歌德（Goethe）（這些作者以及整個小說創作的發展史）受到老邁天真的理查生（Richardson）諸多啟發，而否定他們的原創性。斯坦恩和狄德羅之間的相似性之所以如此令人印象深刻，那是因為他們相同的成就在小說史上確實相當獨特。

6.

事實上，《崔斯川．山迪》和《宿命論者雅克和他的主人》之間的差異，並不比其間的相似之處來得少。

首先是平均律的差異：斯坦恩是緩慢的，他的寫作方式是漸慢的，他的透視法是微觀的（他懂得如何讓時間停下腳步，也知道如何讓短暫的一刻從生命中分離出來，就像後來詹姆士．喬伊斯的手法）。

狄德羅則是快速的，他的寫作方式是漸快的，透視法是遠觀的（我從未看過哪一本小說的開頭比《宿命論者雅克和他的主人》的最初幾頁更令人著迷：高明的調性轉換和節奏感，以及開頭幾句話呈現出來的極快板）。

其次是結構的差異：《崔斯川．山迪》是單一敘事者的獨白，也就是崔斯川．山迪的自言自語。斯坦恩細緻地描繪了故事主角讓人捉摸不著的一切怪異想法。

而狄德羅的作品裡，五位敘事者一邊互相打斷彼此的話，一邊敘述著小說本身的故事：作者本身（和她的讀者對話）、主人（和雅克對話）、雅克（和他的主人對話）、客棧老闆娘（和他的聽眾對話）以及阿爾西侯爵。書中主導重要情節發展的是對話（狄德羅的絕妙手法是獨一無二的），敘事者甚至以對話的形式來轉述這些對話（這些對話被包裝在對話裡），使得通篇小說成了無邊無際的高聲對談。

此外，還有精神上的差異：斯坦恩牧師的書，呈現的是一種處於放蕩和情感之間的妥協，是對維多利亞時代的懷舊情思，是對充滿靦腆氣息的候見室裡，那種拉伯雷（Rabelais）式歡樂的回憶。

狄德羅的小說則爆發著一種既魯莽又不自我設限的自由，以及絲毫不託詞於情感的色情。

最後則是不同程度的寫實式幻想：斯坦恩混淆了時間序，但事件仍然和時間、地點緊緊聯繫。人物雖然怪異，卻具備了一切條件，讓我們相信其存在的真實性。

狄德羅創造的則是一個小說史上前所未聞的空間：一個無背景的舞台：他們打哪兒來？我們不知道。他們叫什麼名字？與我們無關。他們多大歲數？別提了，狄德羅從來不曾試圖讓我們相信，他小說中的人物存在真實世界的某個時刻。在世界小說的歷史上，《宿命論者雅克和他的主人》是對寫實式幻想和心理小說美學最徹底的拒絕。

7.

《讀者文摘》的做法忠實地反映了這個時代的主流，也讓我意識到了一件事：總有一天，所有過去的文化都會被完全重寫，被完全遺忘在它們的rewriting（改寫）[3]背後。小說名著改編成的電影和戲劇，也不過是《讀者文摘》的分身罷了[4]。

我無意主張藝術作品乃聖潔不可冒犯。大家都知道，莎士比亞也重寫了許多別人的創作，但是他並沒有去改編什麼東西。他所做的，是把別人的創作拿來當作自己變奏的主旋律，而在其間，他仍是

3. 作者在此處用的是英文的rewriting，下文中亦直接使用英文的unrewritable。括弧內的翻譯為譯者所加。
4. 昆德拉在這裡用了三個負載著不同意義的字：重寫（reecrire）、改寫（rewriting）、改編（adapter）。

獨立自主的作者。狄德羅則是向斯坦恩借用了一整段關於雅克膝蓋受傷，被送上輕馬車，然後由美女照料的故事。此刻，他既未模仿斯坦恩，也未做任何改編，他做的是依著斯坦恩的主旋律寫了一曲變奏。

相反地，我們在劇場、在電影院看到的那些出自《安娜·卡列尼娜》的移調作品正是改編之作，也就是說，這些都是原著的簡本。改編者愈想讓自己隱身於小說背後，他就愈容易背叛這部小說。在簡化的過程中，改編者不僅使原著喪失了魅力，更剝奪了原著的意義。

回過頭來談談托爾斯泰：他以小說史上前所未見的手法，對人類的行動發出根本的提問；他發現人在作決定的時候，無可避免地存在許許多多無法以理性解釋的因素。安娜為何自殺？像這樣的問題，托爾斯泰直接訴諸近乎喬伊斯式的內心獨白，呈現出一連串於陰暗之處操弄著女主角的非理性動機。然而，與《讀者文摘》如出一轍的是，每回有人改編這部小說，總是試圖要將安娜的行為動機變得清楚而合乎邏輯，試圖將安娜的行為動機合理化；改編的作品就這樣乾淨俐落地扼殺了小說的原創性。

我們也可以反過來說：倘若小說經歷了rewriting，其內涵卻毫髮無傷，這無異間接說明了這部小說的價值平庸無奇。但無論如何，在世界文學的領域中，有兩部小說是絕對無法簡化的，也是全然地unrewritable（無法改寫的），那就是：《崔斯川．山迪》和《宿命論者雅克和他的主人》。這兩部書中的紊亂巧妙至極，我們如何將之簡化，並且保留些許紊亂的精神呢？還有，該保留些什麼呢？

當然，我們可以將拉寶梅蕾夫人（Madame de La Pommeraye）的故事抽離出來，單獨做成一齣戲或是一部電影（事實上也有人這麼做了）。但我們得到的，不過是一則魅力全失且平淡無趣的軼聞。究其實，這則故事本身的美感與狄德羅的敘事方法是牢不可分的：

1）一位平民婦女敘述在某個無名之地所發生的事；

2）由於故事不停地被其他的軼事和台詞魯莽地打斷，因此，一般情節劇的人物關係在此是無從成立的；而且

3）故事也不斷地被評論、分析、探討；然而

4）每個評論者從拉寶梅蕾夫人的故事──一齣反道德劇──所得出的結論卻都大異其趣。

您若問我為何要就這些事長篇大論？那是因為我想和雅克的主人一起大喊：「人家寫好的東西，膽敢把它重寫的人去死吧！最好把這些人通通都閹掉，順便把他們的耳朵也割下來！」

8.

當然，這也是為了說明《雅克和他的主人》不是一部改編的作品；這是我自己的劇作，是我自己的「變奏狄德羅」。而既然這是孕

育於仰慕之情的作品，或許我們也可以說這是「向狄德羅致敬」的一齣戲。

這個「變奏式的致敬」是一場多重的風雲際會：不僅是兩位作家的相遇，也是兩個時代的匯聚，更是小說和戲劇的交會。在此之前，戲劇作品的形式和規範性總是比小說嚴謹許多。戲劇世界裡從來沒有出現過勞倫斯．斯坦恩。小說家狄德羅發現了如何自由運用形式，而劇作家狄德羅卻對此一無所知。我將這種自由交付給我的喜劇作品，藉此「向狄德羅致敬」，也「向小說致敬」。

這齣戲的結構是這樣的：以雅克和主人的旅行作為一個搖搖欲墜的主軸，鋪陳出三則情史：主人、雅克和拉寶梅蕾夫人的三個愛情故事。主人和雅克的兩則愛情故事或多或少還跟他們的旅行扯得上一點關係（雅克的故事和旅行的關係幾乎是微乎其微的）；而佔據了整個第二幕的拉寶梅蕾夫人情史，就技術的觀點而言，則是一段不折不扣的插曲（這則故事和主要情節完全無關）。這種處理方式相當明顯地違背了所謂戲劇結構的法則，然而正是在這裡，我的主張清楚地呈現出來：

捨棄嚴謹的情節一致性，而以巧妙的方法重塑整體的協調性：亦即藉助於複調曲式（三則故事並非一則說完再說另一則，而是交陳雜敘的）以及變奏的技巧（事實上，三則故事互為變奏）。（因此，這曲「變奏狄德羅」同時也是「向變奏的技巧致敬」的作品。我於七年之後寫就的小說《笑忘書》，其旨趣亦復如是。）

9.

對一個七〇年代的捷克作者來說，想到《宿命論者雅克和他的主人》（也是在某個七〇年代寫就的）從未在其作者有生之年付印，只有手抄本秘密地流傳於某些特定的讀者之間，這感覺的確很怪。在狄德羅的時代，作品遭到查禁並非常態，然而兩百年後的布拉格，這竟然成為所有捷克重要作家的共同命運。印刷廠將這些作家掃地出門，他們只能透過打字本的形式看到自己的作品。此景始於俄軍入侵，至今不曾改變，而一切跡象也顯示，這種情況還會持續下去。

寫作《雅克和他的主人》是為了我個人的樂趣，或許還隱隱約約懷抱著一個念頭：說不定有一天可以借個名字，將這齣戲搬上舞台，在捷克的某個劇場裡演出。代替作者署名的是我散置於字裡行間（這又是一場遊戲，一曲變奏）幾許和舊作有關的回憶：雅克和主人這一對，是〈永恆慾望的金蘋果〉（《可笑的愛》）那兩個朋友的翻版；戲裡有關於《生活在他方》的暗喻，也影射到《賦別曲》。是的，都是些回憶；整齣戲正是要向作家的生涯告別，一個「娛樂式的告別」。約莫在同一時期完成的《賦別曲》，本來很可能是我的最後一部小說，然而在此期間，我卻絲毫不覺遭遇挫折的苦澀，只因為個人的告別雜纏交錯著另一無垠無際撼動人心的賦別儀式：

在俄羅斯黑夜無盡的幽暗裡，我在布拉格經歷了西方文化的驟然終結，那孕育於現代（Temps modernes）初期，建立在個人及其理性之上，建立在多元思想及包容性之上的西方文化，我在一個小小的西方國度裡，經歷了西方的終結。是的，正是這場盛大的賦別。

10.

一天，唐吉訶德同他目不識丁的土包子僕人一道離開家門，去和敵人作戰。一百五十年後，托比．山迪（Toby Shandy）把他的花園當作假想的戰場；他在花園中，沉湎於好戰的青春回憶裡，他的僕役崔林（Trim）則忠心耿耿地隨侍在側。崔林踸踔於主人身旁，正如同十年之後在旅途上取悅主人的雅克，也和其後一百五十年，奧匈帝國的勤務兵帥克（Joseph Chveik）一樣多話又固執，而帥克的角色也同樣讓他的主人盧卡什（Lukac）中尉既開心又擔驚。再過三十年，貝克特（Beckett）《終局》（*Fin de partie*）裡的主人與僕役已然孤獨地站在空曠的世界舞台之上。旅行至此告終。

僕役與主人橫跨了整部西方的現代史。在布拉格，神聖的上帝之城，我聽見他們的笑聲漸行漸遠。懷抱著愛與焦慮，我始終珍惜這笑聲，一如人們對於注定稍縱即逝的脆弱事物之眷戀。

一九八一年七月於巴黎

雅克和他的主人

人物表

雅克

雅克的主人

客棧老闆娘

聖圖旺騎士

老葛庇[5]

小葛庇

朱絲婷

侯爵

母親

女兒

阿加特

警局督察

法官

客棧伙計

5. 「葛庇」原文為「Bigre」，按音譯應為「俾格」，但「bigre」在法文裡有輕微驚嘆、咒罵之意，在叫喚名字的同時，有某種諧音的趣味，本譯文取粗話「嗝屁」之諧音，譯為「葛庇」。

本劇演出應無幕間休息；為了讓三幕的曲式清楚呈現，我想像幕與幕之間以片刻黑暗或短暫幕落作為區隔。

尼古拉．布希昂松（Nicolas Briançon）的舞台調度（巴黎，一九九八—一九九九）十分傑出，其間沒有中斷，然而三幕劇就像三個樂章構成的一首協奏曲，以氣氛和速度清晰地區別開來：第一幕，快板（allegro）；第二幕，在客棧，活潑的（vivace），喧嘩，酒醉，笑聲；接著客棧消失了，舞台上只剩兩個孤零零的流浪者：最後一幕的緩板（lento）。

我想像雅克是個至少四十歲的男人。他和主人年齡相仿，或稍長。傑出的日內瓦劇場導演弗朗索瓦．傑赫蒙（François Germond）的想法相當有意思：雅克和他的主人在第三幕第六場戲重逢的時候，兩人都變老了，自前一場戲結束之後，時光已然流逝數年。

布景：整齣劇的舞台布景不變。舞台分為兩部分：前半部較低；後半部較高，是個大平台。所有和現在有關的情節都在舞台前端演出；與過去有關的部分，則在後半部加高的大平台上演出。

舞台的最深處（也就是在加高的部分）有樓梯（或梯子）通往平台上的閣樓。

大部分時間，舞台（應該盡可能簡單抽象）完全是空的。只有在特定幾個小節裡，演員自己搬來椅子、桌子等。

布景必須避免一切裝飾性、特定典型、或是象徵性的元素。這些元素與本劇精神不符。

故事發生在十八世紀，不過，那是今日我們所夢想的十八世紀。因此，本劇的語言並非昔時語言的重現，在布景和服裝上亦不可強調十八世紀的歷史特色。人物的歷史性雖毋庸爭議（尤其兩位主角），但應使其多少有些模糊難辨。

二十世紀與十八世紀（這兩個世紀的精神）的對比悄然貫穿本劇。為了讓這樣的對比清晰且恰如其分地呈現，本劇的演出必須盡其所能地忠於劇本。

第一幕

第一場

雅克和他的主人進場；兩人走了幾步，雅克將目光停駐在觀眾身上；雅克停下腳步……

雅克，小心翼翼地：主人……（指著台下觀眾給他的主人看）他們幹嘛全盯著我們看？

主人，緊張得抖了抖身子，整整衣服，彷彿害怕衣著上的一點疏忽會引起人家的注意：就當那兒沒人罷。

雅克，對觀眾說：你們就不能看看別的地方嗎？那好，你們要幹嘛？問我們打哪兒來？（雅克把手臂伸向後方）我們打那兒來的。什麼？還要問我們要到哪兒去？（帶著一種意味深遠的輕蔑）難道有人知道自己要到哪兒去嗎？（向著觀眾）你們知道嗎？嗄？你們知道自己要到哪兒去嗎？

主人：我好害怕呀，雅克，我好怕去想我們要到哪兒去。

雅克：您在害怕？

主人，愁眉苦臉地說：是啊！不過我不想跟你說我那些倒楣事兒。

雅克：主人，請相信我，從來就沒有人知道自己要到哪兒去。不過，就像我連長說的，一切都是上天注定的。

主人：他說得還真有道理……

雅克：但願魔鬼把朱絲婷叉死，然後，把那個讓我失去貞操的爛閣樓也一起毀了吧！

主人：雅克，你沒事詛咒女人幹嘛呢？

雅克：因為我失去貞操以後，喝得爛醉，我父親簡直氣瘋了，他氣得把我狠狠揍了一頓。那時候，一支軍隊剛好從附近經過，我就這樣去當了兵。後來，在一場戰爭裡，我的膝蓋吃了一顆子彈，一連串的豔遇就這樣開始了。要是沒有這顆子彈，我看我是根本不可能墜入情網的。

主人：你是說你有過戀愛的經驗？你怎麼從來沒跟我提過這件事呢？

雅克：我從來沒跟您提過的事情還多著呢。

主人：好哇！你是怎麼開始戀愛的？快說！

雅克：我說到哪兒了？喔，對了，我說到膝蓋裡的那顆子彈。那時候，我被壓在一堆死傷士兵的下面，人們到了第二天才發現我沒死，於是把我扔到一輛雙輪馬車上，向醫院駛去。那條路的狀況糟得很，只要一路上有一點點顛簸，我就痛得哇哇大叫。突然間，馬車停了下來，我要他們放我下車。那是一個村莊的盡頭，有一個年輕女人站在一幢茅屋的門前。

主人：啊，故事終於要開始了……

雅克：那女人回到屋子裡，拿了一瓶酒出來給我喝。他們本來想把我再弄回馬車上，但是我緊緊抓住那女人的裙子不放，後來我就失去意識了。醒過來的時候，我已經在那女人家裡了，她丈夫和孩子都圍在床邊，而她正在幫我敷藥。

主人：混蛋！我可看清你了。

雅克：您可什麼也沒看清。

主人：這個男的收容你住在他家，而你竟然用這種方式來回報他！

雅克：主人，難道有人可以為他自己做的事情負責嗎？我連長常說：我們在人世間所遭遇的一切幸與不幸都是上天注定的。您知道有什麼方法可以把已經注定好的東西擦掉嗎？主人，請告訴我，難道我可以不要存在嗎？我可以去當別人嗎？還有，如果說，我已經是我了，我還能去做不該我做的事情嗎？嗄？

主人：有一件事情我搞不懂。是因為上天這麼注定，所以你是個混蛋呢？還是因為上天知道你是個混蛋，所以才這麼注定呢？到底哪一個是因？哪一個是果？

雅克：這我也不知道，不過，主人，請不要說我是混蛋。

主人：你這個讓恩人戴綠帽子的人。

雅克：還有，也請您別把那個男人說成是我的恩人。您該去看一看那個男人是怎麼糟蹋他老婆的，就因為她對我動了惻隱之心。

主人：他做得倒是沒錯……雅克，這個女人長得怎麼樣？快說給我聽！

雅克：那個年輕的女人？

主人：沒錯。

雅克，無法確定地說：中等身材。

主人，不甚滿意地說：嗯……

雅克：比中等身材稍微高一點……

主人，頗表贊同地點著頭：稍微高一點。

雅克：對，稍微高一點。

主人：這個我喜歡。

雅克，用雙手比劃了一下：迷人的胸部。

主人：她屁股比胸部大吧！

雅克，無法確定地說：沒有，還是胸部比較大。

主人，愁眉苦臉地說：真可惜。

雅克：您比較喜歡屁股大的？

主人：對……就像阿加特那樣……那她的眼睛呢？長什麼樣子？

雅克：她的眼睛？我不記得了。不過她的頭髮是黑色的。

主人：阿加特的頭髮是金色的。

雅克：主人，要是她跟您的阿加特長得不像，我也沒辦法，不管她長什麼樣子，您都得照單全收。不過，她那雙腿倒是又修長又漂亮。

主人，想得出了神：修長的雙腿。你真會逗我開心哪！

雅克：還有豐滿的屁股。

主人：豐滿？你沒開玩笑？

雅克，比劃了一下：就像這樣……

主人：啊！你這個混帳東西！你愈說我就愈想要她，可是你恩人的老婆，你竟然把她……

雅克：沒有的事，主人。我跟這個女人之間，什麼事也沒發生。

主人：那你跟我說這些幹什麼？我們幹嘛在她身上浪費時間？

雅克：主人，您打斷了我的話，這個習慣非常糟糕。

主人：可是這女人已經弄得我心癢癢的了……

雅克：我跟您說我躺在床上，膝蓋裡有一顆子彈害我痛苦不已，而您卻滿腦子邪念。還有，您一直把我的故事跟那個什麼阿加特的故事搞在一起。

主人：不要提這個名字。
雅克：是您先提起這個名字的。
主人：你有沒有過這種經驗？你瘋狂地想要得到一個女人，而她卻一點兒也不在乎，連理都不理你！
雅克：有哇！朱絲婷就是這樣。
主人：朱絲婷？那個讓你失去貞操的女人？
雅克：一點兒也沒錯。
主人：快說來聽聽……
雅克：主人，還是您先說罷。

第二場

舞台深處的平台上，其他人物已出現片刻。小葛庇坐在樓梯上，朱絲婷站在他前面。舞台的另一頭是另外一對：阿加特坐在聖圖旺騎士幫她拿來的椅子上，聖圖旺騎士站在她身旁。

聖圖旺，叫喚著主人：喂！我的好朋友！

雅克，和主人一同轉過身來，然後朝著阿加特的方向點點頭：是她嗎？

（主人示意說對）她旁邊那個男人又是誰？

主人：他是我朋友，聖圖旺騎士。就是他介紹阿加特給我認識的。

（以眼神示意，指著朱絲婷）那，那邊那個女人，是你的囉？

雅克：是啊，不過我比較喜歡您的。

主人：我呢，我比較喜歡你那個，她比較有肉。你不想交換看看嗎？

雅克：要換的話，當初就該先想好，現在才說已經太遲了。

主人，歎了一口氣說：是呀，是太遲了。咦，那個傢伙又是誰？

雅克：他叫做葛庇，是我朋友。我們倆都想要得到這個女孩，但不知為什麼，後來是他得到了，而不是我。

主人：跟我一樣。

聖圖旺，慢慢走近站在平台邊緣的主人：老兄，你也太招搖了吧，做父母的總是會擔心別人閒言閒語……

主人，轉向雅克，憤慨地說：這些卑鄙市儈的傢伙！我送給阿加特的禮物堆積如山，這些禮物倒從來不會礙到他們！

聖圖旺：不是，不是，事情不是這樣的！他們很尊重你啊，他們只是希望你能說清楚將來有什麼打算，不然，你就不該再去他們家了。

主人，憤慨地對雅克說：我一想到就氣，帶我去那女人家的就是他！

在那兒敲邊鼓的也是他！跟我保證說那女人很容易上鉤的還是他！

聖圖旺：我的好朋友，我只是受人之託帶個口信罷了。

主人，對聖圖旺說：很好。（在平台上向前走）我就託你去告訴他們，別指望把結婚戒指套在我手上。也請你告訴阿加特，如果她想留住我，以後就得加倍溫柔地對我。我不想在她身上浪費時間、浪費錢，要花啊，我花在別人身上還管用些。

聖圖旺聽完雅克的主人所交代的事，俯身行禮，轉身走回阿加特身邊。

雅克：幹得好！主人！我就是喜歡您這樣！這回您總算是爭了一口氣！

主人，在平台上，對雅克說：我有時候是這樣子的啊。後來我就沒再去看她了。

聖圖旺，朝主人走來：我把您交代的事一字不漏地告訴他們了，不過，我覺得您似乎太殘忍了點兒。

雅克：我們家主人？他會殘忍？

聖圖旺，對雅克說：閉上你的狗嘴，奴才！（對主人說）您的沉默，可把他們都嚇壞了。而阿加特……

主人：阿加特怎麼啦？

聖圖旺：阿加特哭了。

主人：她哭了。

聖圖旺：阿加特哭了一整天。

主人：所以，聖圖旺，您的意思是說我該出現囉？

聖圖旺：錯了！你不能再讓步了。如果你現在回去，那就全盤皆輸了。這些市井小民，是該給他們一點教訓。

主人：可是如果他們不來找我了呢？

聖圖旺：他們會來找你的。

主人：要是這樣子拖太久了呢？

聖圖旺：你到底想當主人還是想當奴隸？

主人：可是她在哭啊……

聖圖旺：她哭總比你哭好哇。

主人：如果她從此不來找我了，我該怎麼辦哪！

聖圖旺：我跟你保證，她會再來找你的。你得好好利用這個機會，讓阿加特知道，你不會任她擺佈，她得對你多用點兒心才行……不過，你老實說……我們的交情夠好吧！你敢不敢發誓賭咒，說你跟她之間什麼事都沒發生過？

主人：敢哪，我們之間什麼事也沒有。

聖圖旺：你的謹言慎行榮耀了你。

主人：唉，我說的可是千真萬確的。

聖圖旺：這怎麼可能呢？她從來就沒有過片刻的軟弱嗎？

主人：從來沒有。

聖圖旺：我只怕你的所作所為像個傻子啊，老實人很容易這樣子的。

主人：您呢？聖圖旺，您呢？您從來就沒有想過要得到她嗎？

聖圖旺：當然想過。可是你出現了，從此我對阿加特來說，就好像不存在似的。我們之間一直維持著好朋友的關係，僅止於此。現在，只有一件事可以讓我感到欣慰，那就是讓我最要好的朋友與她共度良宵，這樣的話，跟我自己去做也沒什麼兩樣。請相信我，只要能把你送到她床上去，要我做什麼都可以。

說話的同時，聖圖旺向舞台深處離去，走向一直坐在椅子上的阿加特。

雅克：主人，您知道我聽您說話的時候，有多專心嗎？我連一次都沒有打斷過您。如果您能拿我當榜樣就好了。

主人：你沒事在那兒自吹自擂，說是沒打斷過我，其實就是為了要把我的話打斷。

雅克：我打斷您說的話，那是因為您給我做了壞榜樣。

主人：身為主人，只要我高興，我就有權利打斷僕人的話，可是我的僕人沒有權利打斷他主人的話。

雅克：主人，我可沒打斷您的話，我只是在跟您說話，您不是一直希望我這麼做嗎？而且，我要跟您說的是我的想法：我一點兒都不喜歡您的朋友，我敢打賭，他想讓您娶他的女朋友。

主人：夠了！我什麼事都不會再告訴你了！（怒氣沖沖地從平台上走下來）

雅克：主人！拜託啦！請您繼續說下去！

主人：再說下去有什麼用！反正你的觀察力這麼敏銳，這麼自以為是又沒有品味，你什麼事都可以未卜先知嘛。

雅克：您說得沒錯，主人，不過還是請您繼續說下去。即使我猜到了什麼，那也不過是一般故事的情節罷了。我可沒法兒想像，您和聖圖旺談話的時候，會有什麼精彩的細節；也沒法兒想像，故事裡還有哪些讓人無法捉摸的情節。

主人：你已經把我惹火了，我不會再說了。

雅克：求求您好不好。

主人：你想要求和的話，那就換你來說故事，而我，我什麼時候高興，就什麼時候把你的話打斷。我想知道你是怎麼失去貞操的。還有，我可是醜話說在前頭，你第一次做愛的場面一開始，我就會打斷你好幾次。

第三場

雅克：您高興就好，主人，您有權利這麼做。請看吧！（轉身指著樓梯，朱絲婷和小葛庇正爬上樓梯；老葛庇站在樓梯底下）我的教父老葛庇在他的修車房裡，樓梯上去是閣樓，床就在閣樓上，我朋友小葛庇也在那兒。

老葛庇，**朝著閣樓上破口大罵**：葛庇！葛庇！你這個該死的懶骨頭！

雅克：老葛庇一向睡在他的修車房裡，每當他熟睡的時候，他兒子就會偷偷打開門，讓朱絲婷從小樓梯爬上閣樓。

老葛庇：教堂早上讀經的鐘都敲過了，你還在那兒打呼。你要我拿掃帚上去把你轟下來是不是！

雅克：前天晚上，小葛庇和朱絲婷縱慾過度，結果早上爬不起來。

小葛庇，在閣樓上說：爸爸！不要生氣嘛！

老葛庇：我們早該把車軸給那種田的送過去了！動作快一點！

小葛庇：我這就來了！（一邊扣上長褲的釦子一邊下樓）

主人：結果朱絲婷就下不來了，對不對？

雅克：是啊，她是被困住了，主人。

主人，放聲大笑：她大概被嚇得一身汗吧！

老葛庇：自從他迷上這個不正經的女人，整天就只想睡覺。要是這女孩值得人愛的話也就算了，可她是個不折不扣的小賤貨啊！要是我那可憐的老婆還在的話，她望完大彌撒走出教堂的時候，早就把她兒子給痛打一頓，再把那個小賤貨的眼珠給挖出來了。可是我，我卻像個呆子似地忍受這一切；今天，我實在忍無可忍了！（向小葛庇說）把車軸給我扛起來，送去給那個種田的！（小葛庇扛著車軸離去）

主人：這些話，朱絲婷在樓上全都聽到了嗎？

雅克：當然囉！

老葛庇：真要命，我的煙斗跑哪兒去了？一定是葛庇這個廢物拿去用了！我去看看在不在樓上。

老葛庇爬上樓梯。

主人：那朱絲婷呢？朱絲婷呢？

雅克：她躲到床底下去了。

主人：那小葛庇呢？

雅克：他送完車軸就跑到我家！我跟他說：「你先去村子裡走一走，你父親就交給我，我會想辦法讓朱絲婷找機會跑出來。不過你得給我多一點時間。」

雅克走上平台。主人在一旁笑著。

雅克：您在笑什麼？

主人：沒什麼。

老葛庇，從閣樓上走下來：我的教子，真高興看見你呀！這麼一大早，你打哪兒跑出來的？

雅克：我正要回家去。

老葛庇：唉！孩子啊，孩子，你成了個浪蕩子嘍！

雅克：這我不能否認。

老葛庇：我真擔心，你該不會跟我兒子一樣給人迷得魂不守舍了吧！你竟然會在外頭過夜！

雅克：這我不能否認。

老葛庇：你是不是在妓女家裡過的夜？

雅克：是呀。不過這話可絕不能跟我父親說。

老葛庇：是不能跟他說，他不狠狠揍你一頓才怪。換作是我兒子，我也會好好修理他。別說了，來吃點東西吧，酒喝下去你就知道該怎麼做了。

雅克：我喝不下呀，教父，我睏得要命，都快倒下去了。

老葛庇：看得出來，你是把力氣都用光了，希望那女人值得你花這麼多力氣！好啦，咱們別聊了。我兒子不在，你就上樓去睡吧。

雅克爬上樓梯。

主人，向著雅克大叫：叛徒！卑鄙無恥的東西！我早該想到你會這麼做……

老葛庇：啊，這些孩子！……這些不肖子！……（閣樓上傳來一些奇怪的聲音，還有一些悶住的叫聲）這小伙子，他在做夢哪……看得出來，他昨晚一定過得很不安穩。

主人：他哪是在做什麼夢！他什麼夢也沒做！他在恐嚇朱絲婷哪！朱絲婷用力抵抗，但又怕被老葛庇發現，所以只好忍住不出聲。你這個混蛋！該判你個強姦罪！

雅克，在閣樓上說：主人，我不知道這樣算不算強姦，我只知道，不管對她還是對我來說，我們倆的感覺都還不壞。她只要我答應她一件事……

主人：她要你答應什麼事？你這個無恥的混蛋！

雅克：她要我什麼都別告訴小葛庇。

主人：你只要答應她，一切就沒問題了。

雅克：還有更好的呢！

主人：你們做了幾次？

雅克：很多次，而且一次比一次感覺更好。

小葛庇回到家裡。

老葛庇：你到哪裡去晃了這麼久？把這個輪框拿到外面去。

小葛庇：為什麼要拿到外面去？

老葛庇：不然會吵醒雅克。

小葛庇：雅克？

老葛庇：對呀，雅克。他在上面睡得都打呼了。唉！我們這些當父親的真可憐。你們全是一個樣啊！好啦，快去了，你還杵在那兒幹什麼？

小葛庇衝向樓梯，準備上樓去。

老葛庇：你要去哪兒？你就不能讓那可憐的孩子好好睡個覺嗎！

小葛庇，大聲：爸爸！爸爸！

老葛庇：雅克已經累得快死了！

小葛庇：讓我過去！

老葛庇：滾開！你睡覺的時候，喜歡人家把你吵醒嗎？

主人：那朱絲婷什麼都聽到了嗎？

雅克，坐在樓梯最上面的階上：就像您現在聽我說話一樣地清楚。

主人：噢！真是太妙了！我實在太佩服你這個混蛋了！你呢？你那時候在幹嘛？

雅克：我在笑啊。

主人：你這傢伙真該被送上絞刑台！那朱絲婷呢？她在幹嘛？

雅克：她扯著自己的頭髮，絕望地看著上面，不停地扭動手臂。

主人：雅克，您真是野蠻，真是鐵石心腸啊。

雅克，從階梯上走下來，十分嚴肅地說：不，主人，我不是這樣的人。我很有同情心，不過，只有在比較恰當的時刻，我才會發揮同情心。那些濫用同情心的人，等到該用的時候就沒有了。

老葛庇，向雅克說：啊！你下來啦！有沒有睡好哇？你是該好好睡一覺的！（向他兒子說）他跟剛出生的小嬰兒一樣有精神呢！去酒窖裡拿瓶酒來。（向雅克說）你現在一定很想吃東西吧！

雅克：當然想囉！

小葛庇去拿了一瓶酒，然後老葛庇斟了三杯酒。

小葛庇，推開他的杯子：這麼一大早的，我不渴。

老葛庇：你不想喝嗎？

小葛庇：不想。

老葛庇：啊！我知道是怎麼回事了。（跟雅克說）哼，一定是朱絲婷。他在外頭晃那麼久，一定是晃到她家去，然後撞見她跟別人在一起。（向小葛庇說）活該！我早就跟你說過這女孩子根本是個妓女！（跟雅克說）看看這傢伙，這瓶酒又沒錯，幹嘛跟酒過不去！

雅克：我想您猜得沒錯。

小葛庇：雅克，別開這種玩笑了。

老葛庇：他不想喝的話，我們可要喝了。（舉起酒杯）乾杯，我的教子……

雅克，（舉起酒杯）：乾杯……（向小葛庇說）我的好朋友，跟我們一起喝嘛。那麼一點兒小事，沒什麼好生氣的。

小葛庇：我已經說過我不喝了。

雅克：你會再見到她，這件事也會煙消雲散，沒什麼好心煩的。

老葛庇：我才不信事情有這麼簡單呢，這女孩把他整死的話最好！……好啦，現在我得帶你回去見你父親，讓他原諒你蹺家這檔子事。唉！你們這些不肖子啊！都是一個樣！你們這些沒出息的傢伙……好啦，我們走吧。

老葛庇挽著雅克的手臂，一同慢慢離去。

小葛庇爬上閣樓的樓梯。

雅克和老葛庇走了幾步之後分開，

雅克走下平台，向主人走去。

此時，老葛庇退場。

主人：這個小故事實在太妙了！它讓我們更了解女人，也更了解朋友。

在平台上，聖圖旺騎士慢慢地向主人走來。

雅克：或許您還真的相信，遇到有機可乘的時候，朋友會對您的情婦無動於衷。

第四場

聖圖旺：我的朋友！我親愛的朋友！請過來……（聖圖旺站在平台邊上，將手臂伸向站在平台底下的主人。主人爬上平台與聖圖旺會合。）啊！我的朋友，能夠擁有一個讓人感受真摯情誼的朋友，是多麼令人感動的事啊……

主人：聖圖旺，您讓我太感動了。

聖圖旺：是啊，您是我最好的朋友，而我啊，我的朋友……

主人：您怎麼了？您也一樣啊，您也是我最好的朋友。

聖圖旺，搖頭：我的朋友，只怕您還不知道我是怎麼樣的一個人哪。

主人：我了解您就像了解我自己一樣。

聖圖旺：如果您真的了解我，您就會希望不曾認識過我……

主人：快別這麼說。

聖圖旺：我是個卑鄙無恥的小人哪！是啊，沒有比這更恰當的形容詞了。正因為如此，我必須在您面前坦承：我是個卑鄙無恥的小人。

主人：我不許您在我面前侮辱自己！

聖圖旺：我是個卑鄙無恥的小人！

主人：您不是！

聖圖旺：我是！

主人，在聖圖旺騎士前面屈單膝跪下：請別再說了，我的朋友。您說的話把我的心都弄碎了，到底有什麼事困擾著您？有什麼事讓您如此自責？

聖圖旺：在我過去的生命裡有個污點，就那麼一個污點，是的，只有一個污點，可是……

主人：您瞧，不過是個污點，那是什麼樣的污點呢？

聖圖旺：一個足以讓我終生蒙羞的污點。

主人：有道是瑕不掩瑜，單單一個污點就像完全沒有污點一樣。

聖圖旺：啊！這是不可能的。雖然只是絕無僅有的一個污點，但是這個污點實在太可怕了。我，聖圖旺，我曾經背叛，是的，我曾經背叛過我的朋友！

主人：怎麼說呢？這事怎麼發生的？

聖圖旺：我們兩人同時和一個女孩子交往，我朋友愛上這個女孩，但這女孩卻愛上了我。我朋友花錢供養這女孩，但是得到好處的卻是我。我從來就沒有勇氣把真相告訴他，不過，我總是得告訴他的。如果我遇見他，我一定要把一切都說出來，我一定要把事情的真相都告訴他，這樣，我才能從那可怕的秘密裡解脫出來，從那個讓我痛苦不堪的秘密裡解脫出來……

主人：您這麼做是對的，聖圖旺。

聖圖旺：您也建議我這麼做嗎？

主人：是啊，我建議您這麼做。

聖圖旺：那您覺得我朋友會怎麼想？

主人：他會被您的坦率與悔改所感動，他會緊緊地擁抱您。

聖圖旺：您真的這麼想嗎？

主人：我是真的這麼想。

聖圖旺：換作是您，您也會擁抱我嗎？

主人：我？那還用說嗎？

聖圖旺，張開雙臂：我的朋友，請你擁抱我吧！

主人：怎麼啦？

聖圖旺：請你擁抱我，因為我背叛的那個朋友，就是你。

主人，沮喪地：阿加特？

聖圖旺：是的……啊！您這是在責怪我！請您將剛才的話都收回去

吧！好，好，您想怎麼懲罰我，就請動手吧！您懲罰我是對的，我犯的錯根本就不可原諒。請您放棄我！不要再理睬我！請您鄙視我！啊，如果您知道，那個下賤的女人把我弄成什麼樣子就好了！她逼我扮演如此齷齪的角色，讓我多麼痛苦啊……

第五場

（交錯的對話）

小葛庇和朱絲婷從梯子上走下來，並肩坐在最後一級階上。兩人看起來都很沮喪。

朱絲婷：我發誓！我用我父母親的性命擔保，我說的都是真的！

小葛庇：我永遠都不會再相信你了！

朱絲婷在一旁啜泣。

主人，向聖圖旺說：那個下賤的女人！還有您！您，聖圖旺，您怎麼可以……

聖圖旺：不要再逼我了，我的朋友！

朱絲婷：我發誓，他碰也沒碰過我一下！

小葛庇：你騙人！

主人：您怎麼可以！

小葛庇：跟那個混蛋！

朱絲婷在一旁啜泣。

聖圖旺：我怎麼可以？因為我是天底下最卑鄙無恥的小人！我朋友是世界上最善良的人，而我卻那麼無恥地背叛他。您問我為什麼嗎？因為我是個混蛋！一個不折不扣的混蛋！

朱絲婷：他不是混蛋！他是你的朋友啊！

小葛庇，帶著怒氣：我的朋友？

朱絲婷：是啊！他是你的朋友，他真的連碰都沒有碰我！

小葛庇：不要再說了！

聖圖旺：沒錯，我是個不折不扣的混蛋！

主人：不要這樣，不要再侮辱您自己了！

聖圖旺：別管我！我要繼續侮辱我自己！

主人：不管過去發生什麼事，您都不該侮辱您自己。

朱絲婷：他跟我說他是你的朋友，即使我跟他單獨在荒島上，他也不會對我怎麼樣。

主人：不要再折磨自己了。

小葛庇，他的怒氣動搖了：他真的這麼說嗎？

朱絲婷：對呀！

聖圖旺：我要折磨我自己。

主人：我們兩個都被那個小賤貨給害了，您和我一樣，都是受害者！是她勾引您的！您對我如此真誠，您剛才什麼都告訴我了，您永遠都是我的朋友！

小葛庇，開始相信了：即使是在荒島上，他真的這麼說嗎？

朱絲婷：對呀！

聖圖旺：我沒有資格當您的朋友。

主人：您說的剛好相反，從現在開始，您更有資格當我的朋友了！您的自責和不安證明了您對我的友情。

小葛庇：他真的說他是我朋友，他真的說即使你們單獨在荒島上，他也不能碰你？

朱絲婷：對呀！

聖圖旺：啊，您實在太寬宏大量了！

主人：請擁抱我！

兩人互相擁抱。

小葛庇：他真的說即使你們單獨在荒島上，他也不會碰你？

朱絲婷：對呀！

小葛庇：在荒島上？他是這麼說的嗎？你發誓！

朱絲婷：我發誓！

主人：來，喝吧！

雅克：啊，主人，您真讓人擔心哪！

主人：為我們的友誼乾杯，不管多放蕩的女人，都破壞不了我們的感情。

小葛庇：即使在荒島上。啊！我錯怪他了，他是真正夠義氣的好朋友啊！

雅克：主人，我覺得我們的風流韻事實在太像了。

主人，從先前的角色裡脫離出來：你說什麼？

雅克：我說我們的風流韻事實在太像了。

小葛庇：雅克是真正的朋友。

朱絲婷：他是你最好的朋友。

聖圖旺：現在，我只想要報復！這個賤女人欺騙了我們的感情，我們要一起報復！您怎麼說，我就怎麼做！

主人，受到雅克的故事挑動，向聖圖旺說：待會兒再說吧。我們待會兒再繼續……

聖圖旺：不，不！我們立刻就動手！只要您吩咐，我做什麼都好！您怎麼打算，只要吩咐一聲就行了。

主人：好哇，不過還是待會兒再說罷。我現在想看看雅克的故事怎麼收場。

主人走下平台。

小葛庇：雅克！

雅克躍上平台，走向小葛庇。

小葛庇：謝謝你。你是我最好的朋友。（小葛庇擁抱雅克）現在，請你擁抱朱絲婷。（雅克猶豫不前）好了，別害羞了，你可以當我的面擁抱她！我命令你！（雅克擁抱朱絲婷）我們三個人是世界上最好的朋友，生死與共……在荒島上……你真的不會碰她嗎？即使在荒島上？

雅克：碰朋友的女人？你瘋了不成？

小葛庇：你是最忠誠的朋友！

主人：下流胚子！（雅克聞聲轉向他的主人）不過，要把我那檔風流韻事說完，還早得很呢……

雅克：您戴綠帽子，戴得還不過癮嗎？

小葛庇，滿心歡喜：一個是最貞潔的女人！一個是最忠誠的朋友。我幸福得跟國王一樣。

說最後幾句台詞的同時，小葛庇和朱絲婷一同退場。

聖圖旺在舞台上多留了一會兒，

聽了一下第六場戲的前幾句台詞，隨後也退場。

第六場

主人：我的風流韻事接著剛才那裡，繼續發展下去，而且結局很嚇人，是所有風流韻事的結局裡，最糟糕的那種……

雅克：最糟糕的結局是怎樣？

主人：你想想看。

雅克：我會想一想……風流韻事最糟的結局會是什麼……不過，主人，我的風流韻事要說完，也還早得很。我失去了貞操，我發現誰是最好的朋友。所以，那天我實在太高興了，結果我喝得爛醉，我父親狠狠地把我揍了一頓，一支軍隊剛好從附近經過，我就這樣去當兵了。作戰的時候，我的膝蓋吃了一顆子彈，人們把我丟上一輛雙輪馬車，他們在一間破房子前面停了下來，一個女人出現在門口……

主人：這一段已經說過了。

雅克：您又要打斷我的話嗎？

主人：好，好，你繼續！

雅克：我不幹了！我不想一天到晚被打斷。

主人，不太高興的樣子：好哇。這樣的話，我們就再走一段路吧……還有好長的路要趕呢……真是要命哪，我們怎麼會沒有馬騎呢？

雅克：您別忘了，我們這會兒可是在舞台上啊，這裡怎麼可能會有馬！

主人：就為了一場可笑的演出，我竟然得用腳走路。可是，那個創造我們的主人，明明給了我們馬呀！

雅克：這就是有太多主人的壞處，誰叫我們是給這麼多主人創造出來的。

主人：雅克，我常常問自己，我們算不算是好的產品。你覺得那傢伙把我們造得很好嗎？

雅克：主人，誰是「那傢伙」？在天上的那個嗎？

主人：上天老早就注定，有一個人會在人間寫我們的故事，而我想問的是，這個人寫得好嗎？誰知道他是不是多少有點天分哪？

雅克：如果他沒天分的話，就不會寫作了。

主人：你說什麼？

雅克：我說如果他沒天分的話，他就不會寫作了。

主人，放聲大笑：你剛才說的話，人家一聽就知道你不過是個僕人。你以為寫作的人都有天分嗎？那上次來找我們主人的那個年輕詩人呢？

雅克：我半個詩人也不認識。

主人：看得出來，你對那個把我們創造出來的主人是一無所知。你是個非常沒有文化素養的僕人。

客棧老闆娘，剛上場；向雅克和他的主人走來，向他們行屈膝禮：兩位先生，歡迎光臨。

主人：歡迎光臨？光臨哪裡呀？這位女士。

客棧老闆娘：大鹿客棧。

主人：這名字從來沒聽過。

客棧老闆娘：搬張桌子來！還有幾張椅子！

兩個伙計把一張桌子和幾張椅子搬上舞台，然後把桌椅擺在雅克和他的主人前面。

客棧老闆娘：上天注定你們在旅行途中，會到我們的客棧來休息，你們會在這兒吃飯、喝酒、睡覺，還會聽那位遠近馳名既多話又粗魯的老闆娘說故事。

主人：聽起來好像我家僕人給我受的罪還不夠！

客棧老闆娘：兩位先生要用點什麼？

主人，貪婪地看著客棧老闆娘：這倒是要好好想一想。

客棧老闆娘：您不需要想啊，上天注定您會吃鴨肉配馬鈴薯，再加上一瓶葡萄酒……

客棧老闆娘退場。

雅克：主人，您剛才要我說一下對那個詩人的看法。

主人，還沉醉在客棧老闆娘的迷人風韻裡：詩人？

雅克：去找過我們主人的那個年輕詩人……

主人：對！有一天，有個年輕詩人跑來找我們主人，也就是創造我們的那個主人。詩人們常常來煩他。年輕的詩人總是多得不得了，光是在法國，每年都會增加大約四十萬個詩人，其他沒文化的國家情況更糟。

雅克：這些詩人怎麼解決呢？把他們淹死嗎？

主人：這是從前的做法，古時候在斯巴達，他們是這麼做的。那時候，詩人一生下來，就會被人從高高的岩石上扔到海裡，不過在我們這個文明的時代，任何人都有權利活到他自己斷氣的那一天。

客棧老闆娘，端來一瓶酒，把杯子斟滿：可以嗎？

主人，試飲一口酒之後：好極了！就擱這兒吧。（客棧老闆娘退場）喔，剛才說到有一天，有個年輕詩人跑到我們主人家來毛遂自薦，還從口袋裡掏出一張紙。我們的主人說：「這可不簡單，這是詩耶！」詩人回答說：「是的，大師，這是詩，這是我自己寫的詩，我懇請您跟我說真話，我只想聽真話。」我們的主人問他：「可是您不怕聽真話嗎？」「我不怕。」年輕的詩人用顫抖的聲音回答。我們的主人接著說了：「親愛的朋友，我覺得，不只是您手上的詩句連狗屎都不如，我想您再怎麼寫，也不會好到哪裡去了！」年輕的詩人說：「這真是令人傷心哪，我一輩子都得寫些爛東西了。」我們的主人回答說：「小詩人，我可要提醒您，詩人平庸是天地不容的，不論是神是人還是街旁的路標，都從來沒有寬恕過詩人的平庸啊！」詩人說：「這個我知道，可是我也沒辦法呀，那是一種衝動。」

雅克：一種什麼？

主人：一種衝動。年輕的詩人這麼說：「有一股莫名的衝動，驅使我寫出蹩腳的詩句。」我們主人扯開嗓門大聲對他說：「我再說一次，該說的我可是都說了！」可是這位詩人卻還接著說：「大師，我知道，您是偉大崇高的狄德羅，而我只是個爛詩人；不過，我們這些爛詩人是人多的一邊，我們永遠都是大多數！就整體來說，人類不過就是些爛詩人組合起來的！而大眾的思想、大眾的品味、大眾的感覺，也不過是爛詩人的集合罷了！您怎麼會認為一個爛詩人會去指責別的爛詩人呢？爛詩人代表的就是人類啊，人們愛這些蹩腳詩愛得要命哪！正因為我寫的都是些蹩腳詩，有朝一日，我會因此成為公認的大詩人！」

雅克：那個年輕詩人真的對我們主人這麼說嗎？

主人：沒錯，一字不差。

雅克：他的話倒是有幾分道理。

主人：當然囉，而且這些話讓我產生了一種非常不敬的想法。

雅克：我知道您在想什麼。

主人：你知道？

雅克：沒錯。

主人：好，說來聽聽。

雅克：不，不，是您先想到的。

主人：別裝蒜了，你跟我一起想到的。

雅克：不，不，我是後來才想到的。

主人：好了，你說吧！到底是什麼想法？快說！

雅克：您在想，創造我們的主人，說不定也是個蹩腳的詩人。

主人：誰能證明他不是呢？

雅克：那您覺得，換作另一個主人來創造我們的話，我們就會過得比現在好嗎？

主人，若有所思貌：這就難說了。如果我們倆真是出自名家之手，出自一個天才的筆下……那當然不一樣囉。

雅克，難過地，沉默片刻：您知不知道這樣子很悲哀？

主人：什麼事很悲哀？

雅克：您對您的創造者有這麼壞的評價。

主人，看著雅克：我只是評論他的作品而已呀。

雅克：我們應該敬愛創造我們的主人；我們愛他的話，就會更快樂，更安心，也會對自己更有自信。可是您，竟然想要擁有一個更好的創造者。老實說，這簡直是在褻瀆神明啊，主人。

客棧老闆娘，用托盤把菜餚端上來：兩位先生，鴨肉來了……你們用完餐之後呢，我再告訴你們拉寶梅蕾夫人的故事。

雅克，面帶不悅：吃完晚飯以後，該我來講我是怎麼開始戀愛的！

客棧老闆娘：您的主人會決定該誰來說故事。

主人：喔！不關我的事！不關我的事！這要看上天是怎麼注定的！

客棧老闆娘：上天注定這回該我講了。

片刻黑暗。

第二幕

同樣的舞台裝置；舞台上空蕩蕩的，只有一張桌子放在舞台前緣，雅克和他的主人坐在那兒吃完他們的晚餐。

第一場

雅克：這一切都是從我失去貞操那時候開始的。那天我喝得爛醉，我父親把我狠狠揍了一頓，那時候剛好有一支軍隊從附近經過……

客棧老闆娘，進場：飯菜還可以嗎？

主人：美味極了！

雅克：太棒了！

客棧老闆娘：要不要再來一瓶酒？

主人：當然好哇！

客棧老闆娘，轉身向幕後說：再拿一瓶酒來！……（向雅克和他的主人說）我說過吃完這頓豐盛的晚餐以後，要給兩位先生說拉寶梅蕾夫人的故事……

雅克：真是天殺的！老闆娘！我正在說我是怎麼開始戀愛的！

客棧老闆娘：男人很容易就會愛上女人，也很容易把女人給拋棄。這個道理全世界的人都知道。所以我呢，我要跟你們說個故事，讓你們看看那些壞傢伙有什麼下場。

雅克：老闆娘，您實在是很大嘴巴！嘴巴裡好像裝著十萬八千噸的話，在那兒虎視眈眈地，想找個倒楣鬼，好把這些話通通從他耳朵裡灌進去！

客棧老闆娘：先生，您這僕人可真沒教養，自以為有趣，還敢打斷女士的話。

主人，帶著譴責的語氣：雅克，別鬧了……

客棧老闆娘：那我說囉，從前有位侯爵，名叫阿爾西。這傢伙怪得很，而且是個好色之徒。總之，他這個人很討人喜歡，可是他不懂得尊重女人。

雅克：他做得一點兒也沒錯。

客棧老闆娘：雅克先生，您打斷了我的話。

雅克：大鹿客棧可敬的女主人，我可不是在跟您說話。

客棧老闆娘：這侯爵呢，他尋尋覓覓，才找到這位拉寶梅蕾侯爵夫人。這位侯爵夫人是個寡婦，她平常生活非常檢點，家裡有錢，加上她的出身很好，所以眼界也比人高。阿爾西侯爵可是費了一番功夫才得到她的芳心。可是，幾年以後，侯爵開始覺得無趣了。你們知道我的意思吧，兩位先生。一開始，他只是建議拉寶梅蕾夫人多出去參加社交活動，後來，他要拉寶梅蕾夫人多在家招待客人，最後，拉寶梅蕾夫人在家招待客人的時候，他甚至不再出現，總是有什麼緊急的事可以拿來搪塞。就算人來了，也不太說話，總是一個人坐在小沙發上，拿起書來翻一翻，再把書扔在一旁，逗逗小狗，然後當著拉寶梅蕾夫人的面打起瞌睡。但拉寶梅蕾夫人始終愛著他，也為了他痛苦不堪。拉寶梅蕾夫人個性如此高傲，心裡當然非常憤怒，最後終於受不了，決心要報復。

第二場

客棧老闆娘說最後一句台詞的時候，侯爵從平台後方走上平台；他帶著一張椅子，放下椅子後，懶散地半躺半坐在椅子上，一副厭倦的神情。

客棧老闆娘，轉身面向侯爵：我的朋友……

某個聲音，從幕後傳來：老闆娘！

客棧老闆娘，向著布幕：什麼事？

聲音，從幕後傳來：放食物的櫃子，鑰匙在哪裡？

客棧老闆娘：掛在釘子上……（向侯爵說）我的朋友，您不是當真的吧……

客棧老闆娘走上平台，走近侯爵。

侯爵：您呢，您也不是當真的吧，侯爵夫人。

客棧老闆娘：是真的，而且真實得讓人心碎啊。

侯爵：您怎麼啦，侯爵夫人？

客棧老闆娘：沒什麼。

侯爵，哈欠連連：我才不相信呢！別這樣了，侯爵夫人，把心事告訴我，至少這樣我們不會再覺得厭煩。

客棧老闆娘：您感到厭煩了？

侯爵：沒有，沒有！……只是有幾天……有幾天……

客棧老闆娘：有幾天我們在一起的時候，彼此都感到厭煩……

侯爵：不是這樣的，您誤會了，我親愛的……只是有幾天……天知道為什麼……

客棧老闆娘：我親愛的朋友，我一直想對您傾吐我的秘密，可是我怕那會害您痛苦。

侯爵：您會讓我痛苦？您會這麼做嗎？

客棧老闆娘：上天知道我不是有意的。

某個聲音，從幕後傳來：老闆娘！

客棧老闆娘，轉身面向布幕：伙計？我已經告訴過你不要打擾我。有事去找老闆！

聲音：老闆不在！

客棧老闆娘：關我什麼事，你跟我說這幹嘛？

聲音：因為賣稻草的來了。

客棧老闆娘：把錢給他，然後叫他滾……（向侯爵說）真的，不知道事情為什麼會變成這樣，我自己也很傷心。每天晚上我都問我自己：侯爵是不是不值得我愛了？他做了什麼事讓我不滿嗎？他會對我不忠嗎？不會的。那麼，既然他對我的愛始終如一，為什麼我會變心呢？當他遲遲不來的時候，我不再擔心，當他出現的時候，我也不再有甜蜜的感覺。

侯爵，滿心歡喜：真的嗎？

客棧老闆娘，用雙手摀著眼睛：啊，侯爵，請寬恕我，不要責備我……不，您還是不要原諒我吧，我罪有應得……可是，我該掩飾這一切嗎？變心的人是我，不是您。正因為如此，我比從前更尊重您。我沒有辦法欺騙我自己，我心裡已經不再有一絲愛情，這是多麼可怕的事，可又確實是如此。

侯爵，興匆匆，迫不及待地跪下：您太迷人了，您是世界上最迷人的女人。您賜給我的喜悅真是難以形容！您的坦率讓我感到羞愧。跟我比起來，您實在太高尚了！在您面前，我顯得多麼卑微啊！您心情轉變的過程跟我一模一樣，可是我，我卻沒有勇氣把它說出來。

客棧老闆娘：這是真的嗎？

侯爵：這是千真萬確的，事到如今，我們只有一起放棄這份互相欺騙的脆弱感情，才能重新拾回我們的快樂。

客棧老闆娘：是啊，如果有人還愛著一個人，而這個人卻不再愛他了，那是多麼不幸的事啊。

侯爵：此時此刻的您，多麼美麗啊！從前，我卻不曾察覺。要不是我已經從經驗裡得過教訓，我甚至還要說，我比從前更愛慕您呢。

客棧老闆娘：可是侯爵，我們以後該怎麼辦呢？

侯爵：我們永遠不會背叛對方，也不會彼此欺騙。您將會擁有我全心全意的敬愛，我也希望您對我還沒完全失去信心。我們可以成為對方最真心的朋友，往後還可以在愛情的冒險裡，互通有無。誰知道以後會發生什麼事呢？

雅克：確實是這樣啊，以後的事誰知道呢？

侯爵：說不定……

某個聲音，從幕後傳來：我老婆到哪兒去了？

客棧老闆娘，沒好氣地，轉向布幕的方向說：幹嘛？

聲音，從幕後傳來：沒事！

客棧老闆娘，向雅克和他的主人說：兩位先生，這真會把人逼瘋哪！人家才剛想說，躲在這沒人管的角落裡可以清靜清靜，以為大家都睡了，可他卻偏偏要叫我，弄得我剛才講到哪兒都忘了，這個老不死的……

老闆娘走下平台。

客棧老闆娘：兩位先生，你們看，我多可憐……

第三場

主人：老闆娘，我是很願意可憐您。（主人在她屁股上拍了一把）不過我也要誇獎您，您的故事說得可真好。我突然有個怪念頭，如果說，您的丈夫不是剛才被您叫做老不死的那位先生，而是我們眼前這位雅克先生，結果會怎樣？我的意思是說，如果丈夫說話說個沒完，而老婆又是一個長舌婦，結果會怎樣？

雅克：結果會跟那幾年，我在祖父母家的下場完全一樣。他們兩個都好嚴肅，早上起床，穿好衣服，出門工作。晚上祖母縫縫衣服，祖父讀讀聖經，整天都沒有人開口說話。

主人：那你呢？你在幹嘛？

雅克：他們用東西把我嘴巴塞住，讓我在房間裡跑來跑去！

客棧老闆娘：把你的嘴巴塞住？

雅克：是啊，因為我祖父喜歡安靜，就為了這個，我嘴巴塞著東西過我生命中的前十二年……

客棧老闆娘，轉身面向布幕：伙計！

某個聲音，從幕後傳來：在這兒哪……

客棧老闆娘：再拿兩瓶酒來！不要拿那種平常賣給客人喝的，拿兩瓶放在最裡面的，擱在木柴後面的那一種！

聲音：知道了！

客棧老闆娘：雅克先生，我改變主意了，您的遭遇實在教人同情。剛才我想像您嘴巴塞著東西，想到您說話的慾望這麼強烈，我就不由自主地生出無限憐憫。這樣好不好？……我們不要再吵了。（他們互相擁抱）

客棧伙計走進來，把兩瓶酒放在桌上，打開酒瓶，倒了三杯酒。

客棧老闆娘：兩位先生，這輩子你們不可能喝到比這更好的酒！

雅克：老闆娘，您從前一定是個讓人魂不守舍的美人！

主人：沒教養的奴才！我們的客棧老闆娘一直是個讓人魂不守舍的美人！

客棧老闆娘：怎麼比得上從前喲。你們要是看過我從前的樣子就好了！唉！甭提了……還是來講拉寶梅蕾夫人的故事吧……

雅克，舉杯：好哇，不過我們先來敬那些男人吧！敬那些被您迷得團團轉的男人！

客棧老闆娘：那當然沒問題。（三人碰杯，飲酒）我們繼續來講拉寶梅蕾夫人的故事吧。

雅克：我看還是先為侯爵先生乾一杯再說吧，我實在是很擔心他。

客棧老闆娘：您擔心得倒是一點兒也沒錯。

三人再次碰杯，飲酒。

第四場

第三場戲中的人物說最後幾句台詞的同時，母親和女兒從舞台深處走上平台。

客棧老闆娘：你們知道她有多生氣嗎？她告訴侯爵說她不再愛他了，而侯爵竟然高興得差點兒沒跳起來！兩位先生，這女人可是高傲得很呢！（她轉向母親和女兒）於是拉寶梅蕾夫人又找到了那兩個女的，她很久以前就認識這對母女了。因為一場官司，法官把她們傳喚到巴黎來，結果官司打輸了，母女倆也變得一文不名，母親只得開賭場來維持生計。

母親，在平台上說：需要就是一切的法則。我費盡心機要把我女兒送進歌劇院，誰知道這蠢貨有個破鑼嗓子，這難道是我的錯嗎？

客棧老闆娘：常來賭場的都是些男人，他們在那兒賭錢、吃飯，而且每次總有一、兩個客人留下來跟女兒或是母親過夜，所以其實她們是……

雅克：對，她們是……不過不管怎麼說，我們還是為她們乾一杯，畢竟她們母女還真讓人乾得下去。

雅克舉杯；三人碰杯，飲酒。

母親，向客棧老闆娘說：老實說，侯爵夫人，我們從事的是一種很敏感的冒險行業。

客棧老闆娘，登上平台，向母親走近：你們在這一行，還不算太出名吧？

母親：幸好還不算太出名，我們的……生意……是在漢堡街做的……那地方，沒事的話也沒人會去……

客棧老闆娘：我想你們應該不會太捨不得這一行吧。要是我給你們安排稍微體面一點的生活，你們覺得怎麼樣？

母親，充滿感激：啊，侯爵夫人！

客棧老闆娘：不過你們對我可得言聽計從。

母親：您放心吧。

客棧老闆娘：很好，你們回家去吧！把家具都賣掉，還有，只要是顏色有點鮮豔的衣服也都拿去賣掉。

雅克，舉杯：我敬那位小姐一杯，她的神情好憂鬱啊，想必是因為每晚都要換主人的緣故吧。

客棧老闆娘，從平台上向雅克說：別笑了，這種事有時候讓人噁心得想吐，您要是知道的話就笑不出來了！（向母親和女兒說）我會幫你們租一間小公寓，裡面的擺設是最樸素的。除了去望彌撒，或是望完彌撒走路回家之外，你們不可以離開公寓半步。在街上走的時候，眼睛得盯著地上，而且絕對不可以單獨出門，你們說話的主題一定要圍繞著上帝。至於我呢，當然不會去家裡探望你們。我是不夠格……跟這麼神聖的女人交往的……現在，就乖乖聽話吧！

母親和女兒退場。

主人：這女人真教人害怕。

客棧老闆娘，從平台上向主人說：這還不算什麼，您還不知道她有多厲害呢。

第五場

侯爵剛從舞台的另一側進場，若有似無地碰到客棧老闆娘的手臂。老闆娘轉過身來，用驚喜的眼神望著他。

客棧老闆娘：噢，侯爵！看到您多麼教人開心啊！您的戀情最近進行得怎麼樣啊？那些年輕姑娘還好嗎？

侯爵挽著她的手臂，兩人一同在平台上來回漫步；侯爵倚向她，在她耳邊低語幾句，回答她的問話。

主人：雅克，看哪！他什麼事都告訴她！真是隻蠢豬！

客棧老闆娘：您真是讓人佩服。（侯爵又在她耳邊竊竊私語）您對女人一直就是那麼有辦法！

侯爵：那您呢？您沒有什麼故事要告訴我嗎？（客棧老闆娘搖搖頭）那位矮墩墩的伯爵呢？那個小矮子、小侏儒，他這麼殷勤……

客棧老闆娘：我們不再見面了。

侯爵：不要這樣嘛！何必這麼絕情呢？

客棧老闆娘：因為我不喜歡他。

侯爵：您怎麼會不喜歡他呢？他是世界上最討人喜歡的侏儒呢！難道您心裡還愛著我？

客棧老闆娘：也許吧……

侯爵：您期待我會回心轉意，所以您謹言慎行，讓自己一言一行都無可挑剔嗎？

客棧老闆娘：您害怕了嗎？

侯爵：您是一個危險的女人！

侯爵和客棧老闆娘在平台上來來回回走著，狀似在散步；迎面走來另外兩個人——是母親和女兒。

客棧老闆娘，故作驚訝狀：啊！天哪，這是真的嗎！（她放開侯爵的手臂，向母女二人迎上去）真的是您嗎？夫人？

母親：是啊，是我……

客棧老闆娘：您近來可好？自從上次見面，怎麼就沒了消息？

母親：我們遭遇的不幸您是知道的，我們一直深居簡出，過著單純的生活。

客棧老闆娘：我很贊成你們深居簡出，可是怎麼連我都不理了呢？我……

女兒：夫人，我跟媽媽提到您不下十次，可她總是說：「拉寶梅蕾夫人？她早就把我們給忘了。」

客棧老闆娘：這是什麼話呀！我很高興看到你們哪。這位是我的朋友，阿爾西侯爵，他在這兒不會不方便罷，反正小姐都已經是大人了。

四人一同繼續散步。

主人：我跟你說，雅克，這個老闆娘我喜歡。我敢打賭她不是生下來就在這家客棧，她不是這種出身。我猜的應該沒錯。

客棧老闆娘：真是這樣！女大十八變哪！

主人：我可是告訴你，這個女的氣質高貴得很呢。

侯爵，向母女二人說：再留一會兒嘛！別急著走哇！

母親，靦腆地：不行，不行，得去教堂做晚禱了……走吧，女兒！

母女二人鞠躬後離開。

侯爵：天哪，侯爵夫人，這兩個女人是誰呀？

客棧老闆娘：她們是我認識的人裡頭，最幸福的兩個女人了。您有沒有感受到那種寧靜？那種安詳？讓人覺得隱居是充滿智慧的生活方式。

侯爵：侯爵夫人，如果我們的分手讓您陷入如此悲傷的絕境，我是不會原諒我自己的。

客棧老闆娘：您希望我不要拒絕那個矮墩墩的伯爵，是嗎？

侯爵：那個小矮子？當然囉。

客棧老闆娘：您覺得這樣會比較好嗎？

侯爵：那還用說嗎。

客棧老闆娘從平台上走下來。

客棧老闆娘，憤慨地向雅克和他的主人說：你們聽見了沒有！

客棧老闆娘從桌上拿起一杯酒來喝，然後在平台邊緣坐下來，侯爵坐在她身邊，她繼續說：歲月不饒人哪！我第一次看到她的時候，她還沒三粒蘋果疊起來那麼高呢。

侯爵：您說的是那位夫人的女兒嗎？

客棧老闆娘：是啊。我覺得自己就像是一朵枯萎的玫瑰，在另一朵含苞待放的玫瑰面前凋謝。您也注意到這女孩了嗎？

侯爵：當然注意到了！

客棧老闆娘：您覺得她怎麼樣？

侯爵：簡直就像拉斐爾筆下的聖母。

客棧老闆娘：那樣的眼神！

侯爵：那樣的聲音！

客棧老闆娘：那樣的肌膚！

侯爵：那樣的氣質！

客棧老闆娘：那樣的微笑！

雅克：真是天殺的，侯爵，再這樣下去，您就要萬劫不復了！

客棧老闆娘，向雅克說：您說得沒錯，他的確是要萬劫不復了！

客棧老闆娘起身，舉杯飲酒。

侯爵：那樣的身體！

說話的同時，侯爵在平台上起身，走出舞台。

客棧老闆娘，向雅克和他的主人說：他已經上鉤了。

雅克：老闆娘，這位侯爵夫人是一頭可怕的怪獸啊。

客棧老闆娘：那侯爵又怎麼說呢！他本來就不該背棄侯爵夫人！

雅克：老闆娘，您應該沒聽過「刀鞘與小刀」這個迷人的寓言故事吧。

客棧老闆娘：你從來沒跟我說過！

第六場

侯爵走回客棧老闆娘的身邊，開始用哀求的語調對她說……

侯爵：好嘛，侯爵夫人，您最近有沒有看見您那兩位朋友呀？

客棧老闆娘，向雅克和他的主人說：你們看到他被整成什麼德行了吧？

侯爵：您這樣實在太不應該了！她們母女倆這麼窮，您卻連頓飯也沒邀請她們來吃過……

客棧老闆娘：我去邀過她們，可是沒有用啊。您不要覺得太驚訝，因為，要是別人知道她們母女倆常來我這兒，人家就會說這對母女是歸拉寶梅蕾夫人照顧的，以後就沒有人會救濟她們了。

侯爵：什麼！她們靠別人的救濟在生活？

客棧老闆娘：是啊，靠她們那兒教會的救濟。

侯爵：她們是您的朋友，您竟然忍心讓她們靠救濟生活！

客棧老闆娘：啊，侯爵，我們這些平凡人很難了解這些虔誠的心靈啊。她們不會隨便接受別人幫忙的，只有純潔無瑕的人才有資格救濟她們哪。

侯爵：您知道嗎？我差點兒就忍不住去拜訪她們了。

客棧老闆娘：還好您沒這麼做，不然您可能就再也見不到她們了。這個女孩這麼迷人，您還是不要去拜訪她們，免得招人閒言閒語。

侯爵，嘆了一口氣：太殘酷了……

客棧老闆娘，陰沉的語氣：是啊，太殘酷了，說得一點兒也沒錯。

侯爵：侯爵夫人，您這是在嘲笑我。

客棧老闆娘：我不過是想要幫您免除困擾罷了。侯爵，您這麼做是自討苦吃啊！這女孩可不能跟您認識的那些女人混為一談！她不會接受誘惑。您是無法如願以償的。

侯爵神情沮喪，向舞台深處離去。

雅克：這侯爵夫人真壞。

客棧老闆娘，對雅克說：雅克先生，請不要為男人辯護。您難道不記得拉寶梅蕾夫人有多麼愛侯爵嗎？她還是瘋狂地愛著侯爵。侯爵說的每一句話都讓她心如刀割！難道您看不出來，等在他們兩人前面的，是個可怕的地獄嗎？

侯爵走回客棧老闆娘的身邊。

老闆娘抬眼望著他。

客棧老闆娘：天哪，您的氣色怎麼會這麼糟！

侯爵：我滿腦子想的都是她，我再也受不了了。我晚上睡不著，白天吃不下。這半個月以來，我喝酒像喝水似的，而為了能在教堂裡看她一眼，我又變得跟修道士一樣……侯爵夫人，您想想辦法，讓我能再見到她吧！（侯爵夫人發出一聲嘆息）您是我唯一的朋友啊！

客棧老闆娘：侯爵，我很願意幫您的忙，但這實在不容易呀。我們不能讓她覺得我們是一夥的……

侯爵：拜託嘛！

客棧老闆娘，模仿侯爵：拜託嘛！……（然後，冷冷地說：）您愛不愛她關我什麼事呢！我何苦把自己的生活搞得那麼亂？您還是自求多福罷！

侯爵：我求求您！如果您不幫我的話，我就完了。就算不為我，您也為她們母女想想吧！我已經控制不了我自己了！我會破門而入，衝進她們家裡，您無法想像我會做出什麼事！

客棧老闆娘：好罷……您想怎麼樣就怎麼樣罷。不過，至少得給我一點時間好好準備……

在舞台深處，僕人們正在擺設一張桌子與數張椅子。侯爵退場……

第七場

客棧老闆娘，向舞台深處走去，母親與女兒從舞台深處進場：嗯，好，過來，過來。一起坐下來，我們就要開始了。（客棧老闆娘在舞台深處的桌旁坐下。現在，舞台上有兩張桌子：一張在低處，雅克和他的主人坐在那兒，另一張則在平台上）待會兒侯爵到的時候，我們要假裝驚訝得不得了，可不要搞錯了！

雅克，對客棧老闆娘**大叫**：老闆娘！這女人真是壞透了！

客棧老闆娘，坐在平台上面的桌旁，對著坐在底下桌旁的雅克說：雅克先生，那侯爵呢，他是天使囉，是吧？

雅克：為什麼他得當天使呢？男人難道除了當天使或者當野獸，就沒有其他的選擇了嗎？您要是聽過刀鞘與小刀這個寓言故事的話，應該會長一點智慧。

侯爵，向三個女人走近，故作驚訝狀：哦……我好像打擾到你們了！

客棧老闆娘，也很驚訝的樣子：真是沒想到……侯爵先生，真沒想到會在這兒遇見您……

主人：這些人真會演戲！

客棧老闆娘：既然您也在這兒，就跟我們一塊兒吃個飯吧。

侯爵親吻三位女士的手，然後坐下。

雅克：我很確定這一段您不會太感興趣的，他們的故事一邊進行，我一邊說刀鞘與小刀的故事給您聽。

侯爵，打斷三個女人的談話：各位女士，我完全同意你們的看法。生命的喜悅算什麼？不過是煙霧和塵土罷了。你們知道我最欽佩的人是誰嗎？

雅克：主人，別聽他的！

侯爵：你們不知道嗎？是聖西梅翁隱士，我受洗的名字就是從他來的。

雅克：刀鞘與小刀是一切寓言故事中寓意最深遠的，也是所有科學的基礎。

侯爵：想想看，各位女士！西梅翁花了四十年的時間，在一根四十公尺高的柱子上向上帝祈禱，祈求上帝賜給他力量，讓他能在四十公尺高的柱子上待四十年，在那兒向上帝祈禱……

雅克：主人，別聽他的！

侯爵：……祈求上帝賜給他力量，讓他能在四十公尺高的柱子上度過四十年……

雅克：聽我說！有一天，刀鞘和小刀吵得不可開交，小刀對刀鞘說：刀鞘吾愛，您是個貨真價實的婊子，您每天都接待新來的小刀。刀鞘回答說：小刀吾愛，您是個不折不扣的混蛋，因為您每天都換刀鞘。

侯爵：各位女士，請想想看！花四十年的時間待在一根四十公尺高的柱子上！

雅克：他們從吃飯的時候就開始吵。這時，坐在刀鞘和小刀中間的人說話了：我親愛的刀鞘，還有您，我親愛的小刀，你們這樣換刀換鞘是很好，不過你們都犯了一個非常嚴重的錯，那就是你們曾經互相承諾不要換來換去。小刀，你應該還不知道吧，上帝創造你，就是要讓你插進好幾個不同的刀鞘。

女兒：那……這根柱子真的有四十公尺高嗎？

雅克：至於你呢，刀鞘，你還不明白上帝創造你，就是要給你很多支小刀嗎？

主人不看平台上發生的事，專心聽雅克說話。聽完最後這句話，主人笑了。

侯爵，帶著愛意的溫柔語氣：是的，小姑娘，有四十公尺高。

女兒：西梅翁不會頭暈嗎？

侯爵：不會的，他不會頭暈。親愛的小姑娘，您知道為什麼嗎？

女兒：我不知道。

侯爵：因為他在柱子上從來不往下看。他永遠看著上帝。要知道，往上看的人從來不會頭暈。

三個女人，驚訝地：真的嗎！

主人：雅克，真是這樣嗎！

雅克：沒錯。

侯爵，向女士們告辭：很榮幸能和各位一道用餐。（侯爵離去）

主人，覺得很有趣的樣子：你的寓言很不道德。我唾棄這個故事，也拒絕接受這個故事。我還要說，這個寓言故事，我就當它不存在。

雅克：可是你覺得這故事很有趣！

主人：跟這沒關係！誰會覺得這故事不有趣？我當然覺得這故事很有趣！

在舞台深處，僕人們搬走桌椅。

雅克和主人又開始看著平台。

侯爵向客棧老闆娘走近。

第八場

客棧老闆娘：怎麼，侯爵，您在法國找得到哪個女人，願意像我這樣為您做這些事嗎？

侯爵，在客棧老闆娘的面前跪下：您是我唯一的朋友……

客棧老闆娘：不要再說這種話了。您心裡到底在想什麼？

侯爵：我非得到這個女孩不可，不然我會活不下去。

客棧老闆娘：如果可以救您一命的話，我很樂意。

侯爵：我知道這事會惹您生氣，但我還是得承認：我給她們寄了一封信，還有一盒珠寶。不過她們把這兩樣東西都退還給我了。

客棧老闆娘，嚴厲地：侯爵，愛情讓您墮落了。她們母女對您做了什麼？您竟然要這樣侮辱她們？您以為高貴的德行用幾顆珠寶就可以收買嗎？

侯爵，仍然跪在地上：請原諒我。

客棧老闆娘：我已經警告過您，可是您卻如此無可救藥。

侯爵：親愛的侯爵夫人，我想做最後的努力。我想把我城裡的一棟房子，還有我鄉下的房子送給她們。我要把我財產的一半都送給她們。

客棧老闆娘：您想怎樣就怎樣吧……不過，貞節是無價的。我很瞭解這兩個女人。

客棧老闆娘從侯爵身邊離去；侯爵還是跪在舞台上。

母親從舞台另一側向客棧老闆娘走來，然後在她面前跪下。

母親：侯爵夫人，請允許我們收下這份禮物吧！這麼大好的一個機會！這麼大好的一筆財富！這麼大好的一份榮耀啊！

客棧老闆娘，向一直跪著的母親說：難道你們以為我所做的這一切，是為了要讓你們得到幸福嗎？馬上把這些禮物退回去給侯爵。

雅克：這女人，她到底要怎麼樣啊？

客棧老闆娘，向雅克說：她想要怎樣？當然不是要讓這兩個女人有好日子過囉。雅克先生，這兩個女人對侯爵夫人來說，算哪根蔥啊！（向母親說）要嘛，就照我的話去做，不然，我就把你們送回去開妓院！

撇下母親，客棧老闆娘背過身去，恰好和一直跪著的侯爵面對面。

侯爵：啊，親愛的侯爵夫人，您說得沒錯，她們拒絕了。我已經沒有希望了。我該怎麼辦？啊，侯爵夫人，您可知道我作了什麼決定？我要娶她為妻。

客棧老闆娘，故作驚訝狀：侯爵，這個決定事關重大，您可得好好考慮。

侯爵：有什麼好考慮的！再怎麼樣也不會比現在糟。

客棧老闆娘：別急，侯爵，這可是終身大事，不能草草決定。（假裝深思的樣子）這兩個女人的美德毫無疑問。她們的心就像水晶一般晶瑩剔透……您的決定或許是對的。貧窮也不是什麼罪惡。

侯爵：求求您去看看她們，把我心裡的想法跟她們說。

客棧老闆娘轉向侯爵，握著他的手；

侯爵站起身來，兩人面對面站著；

侯爵夫人露出微笑。

客棧老闆娘：好吧，我答應您就是了。

侯爵：謝謝您。

客棧老闆娘：不管什麼事，我還不是都幫您去做。

侯爵，沉醉在驟然而至的快意裡：您是我唯一的、真正的好朋友，告訴我，您為什麼不跟我一樣，也去結個婚呢？

客棧老闆娘：跟誰結婚？

侯爵：跟那個矮墩墩的伯爵啊。

客棧老闆娘：那個侏儒？

侯爵：他又有錢又聰明……

客棧老闆娘：那誰來保證他會對我忠誠？您嗎？您可以嗎？

侯爵：丈夫不忠這種事，一下子就習慣了。

客棧老闆娘：不行，不行，我可沒辦法。我會受不了，而且，我會報復。

侯爵：如果您想報復，好哇，我們就來報復。應該會滿有意思的。我們可以租一棟漂亮的大房子，四個人住在一起，快樂似神仙。您覺得怎麼樣？

客棧老闆娘：聽起來好像滿有意思的。

侯爵：如果您的侏儒丈夫惹到您的話，我們就把他放在花瓶裡，擱在你們的床頭櫃上面。

客棧老闆娘：您這些高見讓人聽了真開心，不過我是不會結婚的。唯一有可能讓我託付終身的男人……

侯爵：是我嗎？

客棧老闆娘：我現在可以毫無顧忌地承認了。

侯爵：為什麼先前您沒有跟我說呢？

客棧老闆娘：照現在看起來，我做得沒錯。您選擇共度一生的對象比起我來，合適得多了。

穿著白色結婚禮服的女兒從舞台深處緩緩向前走來。

侯爵看見她，著魔似地走上前與她相會。

侯爵：侯爵夫人，我一輩子都會感激您的，至死不渝……

侯爵緩緩走上前與女兒相會。

兩人互相擁吻，相擁久久不離。

第九場

侯爵和女兒相擁時，客棧老闆娘倒退著走，慢慢地往平台的另一端走去，老闆娘眼中仍然盯著相擁的兩人，稍後她出聲叫喚侯爵。

客棧老闆娘：侯爵！

侯爵幾乎沒注意到老闆娘的叫喚，他緊緊抱著女兒。

客棧老闆娘：侯爵！（侯爵愛理不理地轉過頭）新婚之夜您還滿意嗎？

雅克：拜託喔！這還用問嗎？

客棧老闆娘：我很高興。好吧，現在聽我說。您曾經擁有一個品德端正的女人，可是卻不懂得珍惜。這個女人，就是我。（雅克笑了出來）我報復的方法，就是讓您跟一個和您相配的女人結婚。去漢堡街探聽一下吧！您就會知道您的夫人是怎麼討生活的！您的夫人和您的岳母！

女兒撲倒在侯爵跟前。

侯爵：可恥，真是可恥啊……

女兒，在侯爵跟前：侯爵先生，請您踐踏我，痛打我吧……

侯爵：您走吧，真是可恥啊……

女兒：您要怎麼對我都可以……

客棧老闆娘：快去吧！侯爵！快到漢堡街去吧！然後在那兒立一塊牌

子做紀念，上頭寫著：阿爾西侯爵夫人曾經在此賣淫。

客棧老闆娘放聲大笑，笑聲邪惡有如撒旦。

女兒，在地上，倒在侯爵跟前：侯爵先生，可憐可憐我吧……

侯爵用腳把女兒踢開，女兒試圖抱住侯爵的腿，但侯爵還是離去了。女兒仍然在地上。

雅克：老闆娘，小心唷！故事的結局可不是這樣的！

客棧老闆娘：本來就是這樣。您可別動歪腦筋，想要加油添醋。

雅克躍上平台，於方才侯爵駐足之處停下。

女兒抱住雅克的雙腿。

女兒：侯爵先生，求求您，至少給我一線希望，讓我知道您會原諒我！

雅克：起來吧！

女兒，在地上，緊緊抱著雅克的雙腿：只要您高興，您怎麼對我都可以。我什麼都願意接受。

雅克，以真誠並且激動的聲音說：我已經請您起來了……（女兒不敢起身）世界上那麼多貞潔的女孩變成品行不端的女人，難道，故事就不能倒過來一次嗎？（溫柔地說）而且我相信，荒淫放蕩的生活只是與您擦身而過，根本就還沒傷害到您。起來吧。您沒有聽到我說的話嗎？我原諒您了。就算在讓人感到最羞愧的時刻，我也一直把您當作我的妻子啊。請對我誠實、對我忠誠，請您快樂一點吧。也請您讓我和您一樣誠實、忠誠、快樂。我對您的要求就是這些了。起來吧，我的妻子。侯爵夫人，起來吧！起來，阿爾西夫人！

女兒起身，緊緊擁住雅克，狂亂地親吻著他。

客棧老闆娘，在舞台另一側大叫：侯爵，她是妓女呀！

雅克：閉嘴！拉寶梅蕾夫人！（對女兒說）我已經原諒您了，而且我要您知道，我沒有什麼好後悔的。那個女人（指著客棧老闆娘），她想報復我，可是卻幫了我一個大忙。您難道不比她更年輕、更美麗，比她更忠誠一百倍嗎？我們一起到鄉下去生活，到那兒舒舒服服過幾年好日子。（雅克和女兒穿過平台，然後轉身面向客棧老闆娘，同時跳出侯爵的角色）我可得跟您說，老闆娘女士，他們後來就過著幸福快樂的日子。因為這個世界上沒有什麼事情是不會變的，一件事要改變方向，就像風在吹一樣。風不停地在吹，而我們甚至連風在吹都不知道。這風一吹，事情就從幸福變成不幸，復仇也隨之而來，而一個輕浮的女孩竟然變成一個舉世無雙、忠實的好妻子……

第十場

雅克說最後幾句話的同時，客棧老闆娘從平台上走下來，坐在雅克的主人所在的桌旁；主人摟著她的腰，跟她一起喝酒……

主人：雅克，我不喜歡你給這個故事收尾的方法！這女孩沒有好到可以變成侯爵夫人啊！她簡直就讓我想起阿加特！這兩個可怕的女人都是騙子！

雅克：主人，您搞錯了！

主人：什麼！我，我會搞錯！

雅克：而且您錯得很離譜。

主人：有個叫做雅克的要給他的主人上課呢，他要教我，讓我知道我有沒有弄錯！

雅克放開女兒，女兒在主僕兩人隨後對話時退出，雅克跳下平台。

雅克：我可不是什麼叫做雅克的。您還記得嗎？您甚至還說過我是您的朋友。

主人，調戲著客棧老闆娘：我想說你是我朋友的時候，你就是我朋友。如果我想說你是什麼叫做雅克的，你就只是個叫做雅克的。因為在上天那裡，你知道的，在上天那裡！就像你連長說的，上天注定我是你的主人。現在我命令你，把我不喜歡的那個故事結局給我換掉，我敬愛的拉寶梅蕾夫人也不喜歡那個結局（主人抱著客棧老闆娘），她是一位高貴婦人，她的屁股那麼大又那麼出色……

雅克：主人，您以為啊，您以為雅克真的有辦法把他說的故事結局給換掉嗎？

主人：只要他的主人想這麼做，雅克就會把故事的結局換掉！

雅克：主人，這我倒想見識見識！

主人，仍然在調戲客棧老闆娘：要是雅克繼續這麼固執的話，他的主人就會叫他去關畜牲的地方，讓他去跟山羊一起睡！

雅克：我才不去呢！

主人，抱著客棧老闆娘：你就是得去！

雅克：我不去！

主人，吼叫：你得去！

客棧老闆娘：先生，您可不可以答應您剛剛才抱過的這位女士一件事？

主人：只要是這位女士說的都行。

客棧老闆娘：請不要再跟您的僕人爭吵了。看得出來，您的僕人很傲慢無禮，不過，我覺得您需要的剛好就是像這樣的傭人。上天注定你們誰也離不開誰。

主人，向雅克說：聽到了沒有，奴才。拉寶梅蕾夫人剛才說，我永遠也擺脫不了你。

雅克：主人，您就快要擺脫我了，因為我要去跟山羊一起，睡在關畜牲的地方。

主人，站起來：你不准去！

雅克：我要去！（雅克慢慢走出去）

主人：你不准去！

雅克：我偏要去！

主人：雅克！（雅克慢慢走出去，愈走愈慢）我的小雅克……（雅克走出去……）我親愛的小雅克……（主人追出去，抓住他的手臂）好了，你聽到了沒有？沒有你，我該怎麼辦？

雅克：好。不過為了避免以後的衝突，我們得先約法三章，這樣就一勞永逸了。

主人：我很贊成。

雅克：我們來作些規定吧！既然上天注定我對您來說是不可或缺的，以後只要一有機會，我就會濫用這個權利。

主人：這個，上天可沒注定！

雅克：這些事，早在我們主人創造我們的時候，就已經規定好了。他決定讓您有面子，我有裡子。您下命令，而我來決定您下哪些命令。創造我們的那個主人，決定讓您有權力，而我有影響力。

主人：真是這樣的話，那我們來交換，我要當你。

雅克：這樣您不會有什麼好處的。您會丟掉面子，而且得不到裡子。您會失去權力，而且不會有什麼影響力。主人，您還是維持現狀吧。只要您當個好主人，一個聽話的好主人，您的處境不會變得更糟。

客棧老闆娘：阿們。夜深了，上天注定，我們已經喝得夠多了，該去睡了。

片刻黑暗。

第三幕

第一場

舞台上空蕩蕩的；主人和雅克站在舞台前緣。

主人：你可不可以告訴我，我們的馬在哪兒？

雅克：主人，不要再問這種蠢問題了。

主人：實在太荒謬了！要叫我這麼個貴族用腳走遍法國嗎？你認不認識那傢伙，那個膽敢把我們改寫的傢伙？

雅克：那傢伙是個白痴啊，主人。不過現在我們已經被改寫了，我們也拿他沒辦法。

主人：人家寫好的東西，膽敢把它改寫的人去死吧！希望有人把他們用木樁刺穿，然後放在小火上面慢慢烤！最好把這些人通通都閹掉，順便把他們的耳朵也割下來！哎唷！我的腳好痛喔！

雅克：主人，那些改寫的人從來沒有被人用火烤過，而且大家都很相信他們呢。

主人：你想，大家都會相信改寫我們故事的那個人嗎？大家不會去讀一下「原文」，看看我們原本是怎麼樣的人嗎？

雅克：主人，被改寫的，可不只我們的故事呢。人世間一切從未發生的事，都已經被改寫幾百次了，但就從來沒人想去查證一下，到底真實的情況是怎麼樣。人的歷史這麼經常地被改寫，人們都不知道自己是誰了。

主人：你這話真嚇人哪。那這些人（指著台下的觀眾）會相信我們連匹馬都沒有，還得跟那些光腳的叫化子一樣，從故事的開頭走到結尾嗎？

雅克，指著台下的觀眾：這些人？我們什麼事都可以讓他們相信！

主人：我覺得今天你心情好像滿糟的。早知道，我們應該留在大鹿客棧。

雅克：我那時候可沒說不要。

主人：說來說去……這女人的出身應該不是客棧這種地方。你信不信？

雅克：那會是哪兒？

主人，沉思狀：我不知道。不過那種說話的方式，那種氣質……

雅克：主人，我覺得您好像正在墜入情網。

主人，聳聳肩：如果這是上天注定的話……（停頓片刻）我想起來了，你還沒說完你是怎麼開始談戀愛的。

雅克：您昨天就不該讓老闆娘先說拉寶梅蕾夫人的故事。

主人：昨天，我讓一位高貴的婦人先說故事。你這種不解風情的人，永遠也不會懂的。不過，反正現在只有我們兩個，我就讓你先說，當著大家的面說。

雅克：主人，真謝謝您。好吧，聽我說囉。失去貞操那天，我喝得爛醉。我喝得爛醉呢，我父親就把我狠狠地揍了一頓。我父親把我狠狠地揍了一頓以後呢，我就入伍當兵去了……

主人：你又在說重複的話了，雅克！

雅克：我？我又在說重複的話？主人，說重複的話，這是最丟人的事了，您怎麼可以這麼說我？我發誓到這齣戲演完之前，我都不會再開口了……

主人：雅克，別這樣嘛，我求你。

雅克：您求我？您真的求我嗎？

主人：真的。

雅克：很好。那我說到哪兒了？

主人：你父親把你狠狠地揍了一頓，你入伍當兵，最後你躺在一個破房子裡，有人照顧，然後你遇到那個漂亮的女人，她有個大屁股……

（停頓）雅克……喂，雅克……老實說……你可得老實說，你知道我要問什麼……那個女人的屁股真的很大嗎？還是你故意這麼說，好讓我開心……

雅克：主人，問這些問題有什麼意義呢？

主人，憂愁地：她的屁股不大，對不對？

雅克，和顏悅色地：主人，不要再問了好不好。您知道我不喜歡對您撒謊。

主人，憂愁地：所以，雅克，你是騙我的囉。

雅克：別生我的氣嘛。

主人，帶著幾許懷念：我不會生你的氣，我可愛的雅克，你騙我是出自好意的。

雅克：是的，主人。我知道您對大屁股的女人迷戀到什麼程度。

主人：你真好。你是一個好僕人。一個僕人就應該像你這麼好，而且要懂得跟主人說他們想聽的話，千萬不該跟主人說些沒用的真相啊，雅克。

雅克：主人，請不要擔心，我也不喜歡那些沒用的真相。沒有什麼事會比沒用的真相更愚蠢的了。

主人：什麼是沒用的真相？

雅克：譬如說，像我們都會死啊，或者說，這個世界很墮落啊。說這話，好像大家都不知道這些事似的。說這些話的人您都知道啊，他們像英雄一樣地走上舞台，大聲高喊：「這個世界墮落了！」觀眾們都鼓掌叫好，但是雅克我卻對這種事不感興趣，因為雅克比他們早兩百年、早四百年、早八百年就知道了，當他們在大呼小叫，說這個世界墮落的時候，雅克寧可去想些新點子，讓他的主人開心……

主人：……讓他墮落的主人開心……

雅克：……讓他墮落的主人開心，像一些大屁股的女人，他主人喜歡的那種。

主人：只有我跟天上的那個才知道，在那些從來都幫不上什麼忙的僕人裡頭，你是最好的。

雅克：所以啦，別再問問題了，也別再問真相是怎麼回事，還是聽我說吧：她的屁股很大……等一下，我現在講的是哪個女人？

主人：那個在破房子裡面的女人，你在那兒有人照顧不是嗎？

雅克：對啦，在那破房子裡，我在床上躺了一個星期，醫生們把酒都喝光了，於是我的恩人們開始想辦法要盡快把我弄走。還好，照顧我的醫生裡頭，有一個是在城堡那兒幫人看病的，他太太替我求情，結果他們就把我帶回家了。

主人：也就是說，你跟那個破房子裡的漂亮女人，什麼事也沒發生囉。

雅克：沒錯。

主人：實在太可惜了！那醫生的老婆呢？那個幫你求情的女人，她長什麼樣？

雅克：金髮。

主人：跟阿加特一樣。

雅克：長腿。

主人：跟阿加特一樣。那屁股呢？

雅克：像這樣，主人！

主人：完全跟阿加特一個樣啊！（帶著憤怒）啊！這個可惡的女孩子！對付她應該要比阿爾西侯爵對付那個小騙子更狠！絕對不能像小葛庇對朱絲婷那樣！

此時，聖圖旺已進場片刻，在平台上

興味十足地聽著雅克和主人的談話。

聖圖旺：那您怎麼沒有採取任何行動呢？

雅克，向主人說：您聽到了沒有，他在嘲笑您呢！主人，他根本是個混蛋哪，您第一次跟我提起這個人的時候，我就這麼說了……

主人：我承認他是個混蛋，不過到現在為止，他做的事情，跟你對你朋友葛庇所做的一切，沒什麼兩樣啊。

雅克：話這麼說是沒錯，但很清楚的，他是個混蛋，而我卻不是。

主人，赫然發現雅克說得沒錯，激動狀：這倒是真的。你們兩個都勾引了你們最要好的朋友的女人。但他成了個混蛋，而你卻置身事外。這是什麼道理？

雅克：這我可不知道。不過我覺得，在這深刻的謎題裡頭，隱藏著一個真理。

主人：當然囉，而且我知道是什麼真理！你和聖圖旺騎士的差別，不在於你們的行為，而在於你們的靈魂！你呀，你給你朋友葛庇戴了綠帽子以後，難過得都醉了。

雅克：我不想讓您知道這是錯覺，不過我之所以會喝醉，並不是因為太難過，實在是因為太快樂了……

主人：你不是因為太難過才喝醉的？

雅克：主人，事情的真相很醜陋，不過真的是這樣。

主人：雅克，你可不可以答應我一件事？

雅克：答應您一件事？您儘管說吧。

主人：我們就說你是因為難過才喝醉的，好吧。

雅克：主人，如果您希望這樣的話。

主人：我希望這樣。

雅克：那麼，主人，我是因為難過才喝醉的。

主人：謝謝你。我要你愈不像這個無恥的混蛋愈好，（說話的同時，主人轉向一直在平台上的聖圖旺）他幫我戴了綠帽子還不滿足……

主人登上平台。

第二場

聖圖旺：我的朋友！現在，我只想要報復！這個賤女人冒犯了我們兩個，我們要一起報復！

雅克：對啦，我想起來了，上回故事就是說到這裡。但是您，主人哪！您要怎麼對付這個鼠輩？

主人，在平台上轉身面向雅克，用一種悲愴可憐的語調說：我要怎麼做？你看著吧，雅克，看著我，我可愛的雅克，準備為我的下場哭泣吧！（向聖圖旺說）聖圖旺，我已經準備好要忘記您對我的背叛了，不過我有一個條件。

雅克：幹得好，主人！別讓人家牽著鼻子走！

聖圖旺：要我做什麼都可以。要我從窗戶跳出去嗎？（主人笑而不語）要我上吊自殺嗎？（主人不語）要我跳水自殺嗎？（主人不語）要我將這把刀插入胸口嗎？好，好！（聖圖旺敞開襯衫，把刀子對準胸口）

主人：把刀子放下。（主人將刀子從聖圖旺手中奪下）我們先去喝一杯，然後我再告訴您，原諒您的條件有多嚴厲……（主人拿起從前幾場戲就一直放在那裡的酒瓶）告訴我，阿加特應該很淫蕩吧？

聖圖旺：啊，如果您也能跟我一樣感受到她的淫蕩就好了！

雅克，向聖圖旺說：她的腿很長吧？

聖圖旺，低聲向雅克說：實在說不上。

雅克：屁股又大又好看吧？

聖圖旺，同樣低聲說：鬆鬆垮垮的。

雅克，向主人說：主人，我發現您實在是很愛做夢，這教我不得不更愛您哪。

主人，向聖圖旺說：我現在跟你說我的條件。我們一起把這瓶酒喝光，然後你說阿加特的事給我聽。像她在床上怎麼樣啊，都說些什麼話啊，身體怎麼扭啊。她所做的一切。她興奮的時候喘氣的樣子。我們喝酒，你負責說故事，我呢，我就在那兒幻想……

聖圖旺望著主人和雅克，不語。

主人：好了，你答應了？怎麼啦？說呀！（聖圖旺不語）你聽到了沒有？

聖圖旺：我聽到了。

主人：你答應了嗎？

聖圖旺：我答應。

主人：那你為什麼不喝？

聖圖旺：我在看你。

主人：我知道你在看我。

聖圖旺：我們的身材差不多。在黑暗中，別人會把我們兩個搞混。

主人：你在想什麼？怎麼不趕快說呢？我等不及要開始幻想啦，哎呀！我的天哪，我受不了了，聖圖旺。我要你現在就跟我說。

聖圖旺：我親愛的朋友，您是要我描述，我和阿加特共度的一個夜晚？

主人：你不知道什麼叫作慾火焚身嗎？沒錯，我是要你說這個！這個要求太過分了嗎？

聖圖旺：完全相反。你的要求太少了。如果不是說故事，而是設法讓你和阿加特共度一夜，你覺得怎麼樣？

主人：一夜？貨真價實的一夜？

聖圖旺，從口袋裡拿出兩把鑰匙：小支的是從街上進門用的萬能鑰匙，大支的是阿加特的候見室的鑰匙。親愛的朋友，這半年以來，我就是這麼幹的。我先在街上閒晃，直到看見一盆羅勒葉出現在窗口，我才打開房子的大門，再靜悄悄地把門關上。靜悄悄地走上去。靜悄悄地打開阿加特的房門。在她房間旁邊，有一個放衣服的小房間，我就在那兒脫衣服。阿加特故意讓她房間的門微微開著，房裡一片漆黑，她就在床上等我。

主人：而您要把這機會讓給我？

聖圖旺：我是誠心誠意的。不過我有一個小小的心願……

主人：好啦，說啊！

聖圖旺：我可以說嗎？

主人：當然可以，只要您高興，我是樂意至極啊。

聖圖旺：您真是世界上最好的朋友。

主人：不比您差倒是真的。我到底可以幫您做什麼事？

聖圖旺：我希望您能在阿加特的懷裡待到天亮。那時候，我會若無其事地出現，把你們嚇一跳。

主人，有點不好意思地笑著：這招真是太妙了！不過，這不會太殘忍嗎？

聖圖旺：不會太殘忍啦，不過是開開玩笑嘛。出現之前，我會先在放衣服的小房間把衣服脫光，所以，當我出來嚇你們的時候，我會……

主人：全身光溜溜的！噢！您實在是個十足的色胚子！不過，這辦法行得通嗎？我們只有一把鑰匙……

聖圖旺：我們一起進屋子，一起在小房間裡脫衣服，然後您先出去，上阿加特的床。您準備好的時候，給我打個暗號，我就出來跟您會合！

主人：這招實在是太妙了！太高明了！

聖圖旺：您答應了？

主人：我完全同意！不過……

聖圖旺：不過……

主人：不過……我的感覺您可以體會吧……其實，其實，我是完全同意的。不過，您知道的，第一次嘛，我還是比較喜歡自己一個人……我們可以晚一點再……

聖圖旺：啊，我懂了，您希望我們的復仇計畫不只進行一次。

主人：這種復仇計畫多麼令人愉快啊……

聖圖旺：當然囉。（聖圖旺指著舞台深處，阿加特躺在那裡。主人著魔似地走向阿加特，阿加特向他伸出雙臂……）小心，動作輕一點，全家人都在睡覺啊！（主人在阿加特身旁躺下，以雙臂環抱著她……）

雅克：主人，恭喜您成功了，不過我實在是為您感到害怕呀。

聖圖旺，在平台上向雅克說：我親愛的朋友，不管根據哪一條定理，僕人都應該為了主人被耍而感到高興。

雅克：我家主人是個老實人，而且他很聽我的話。我不喜歡別人家的主人，一點兒也不老實，我不喜歡他們跑來把我家主人耍得團團轉。

聖圖旺：你家主人是個蠢蛋，他跟其他蠢蛋有一樣的下場是應該的。

雅克：有些地方，我家主人是很蠢。不過在他愚蠢的個性裡，有一種老實的調調很討人喜歡，這種特質，在您的聰明才智裡頭，可是找不到的。

聖圖旺：你這個崇拜自家主人的家奴！你仔細看看他在這段豔遇裡頭，有什麼下場吧！

雅克：到目前為止，他還滿快樂的，我看了也很開心哪！

聖圖旺：待會兒你就知道了！

雅克：我說他現在很快樂，這樣就夠了。除了片刻的快樂，我們還能要求什麼呢？

聖圖旺：他將為這片刻的快樂，付出昂貴的代價！

雅克：如果這片刻的快樂大得不得了，結果您設計的一切不幸就顯得不沉重了，這又怎麼說？

聖圖旺：奴才！你說話小心一點！如果我幫這白痴找的樂子比苦惱多的話，我就把這刀子永遠插在我的胸口。

聖圖旺開始朝著布幕的方向大呼小叫。

好了沒有，你們這些人！還在等什麼？天都要亮了！

第三場

聽得見一些噪音和叫喊聲。人們趕著跑向主人和阿加特，兩人仍然互相摟抱著；人群中，有穿著睡衣的阿加特的父母，還有警局督察。

警局督察：各位女士，各位先生，請保持安靜。這位先生是現行犯，他在犯罪現場被抓到。不過就我所知，這位先生是貴族，也是一位有教養的紳士。我希望他能自己彌補這個過失，而不要等到法律強迫他才來做。

雅克：我的天哪，主人，您被他們給逮到了。

警局督察，向正在起身的主人說：先生，請跟我走。

主人：您要帶我到哪兒去？

警局督察，帶著主人：到監獄裡去。

雅克，驚愕狀：到監獄裡去？

主人，向雅克說：是的，我可愛的雅克，他要帶我到監獄裡去……

（警局督察走遠。人群散去。主人獨自待在平台上。聖圖旺奔向主人）

聖圖旺：好朋友，我的好朋友！這實在太可怕了！您，您得待在監獄裡！這怎麼可能呢？我去過阿加特家裡，可是她父母根本不想跟我說話；他們知道您是我唯一的朋友，他們還說一切不幸都是我造成的。阿加特差點沒把我的眼珠子給挖出來。您應該可以想像吧……

主人：不過，聖圖旺，事到如今，只有您能救我了。

聖圖旺：我該怎麼做呢？

主人：怎麼做？把事情一五一十地說出來就行了。

聖圖旺：話是沒錯，我也拿這些事去威脅過阿加特。可是這些事我說不出口啊。想想看，我們會變成什麼德行……而且，這也是您的錯啊！

主人：我的錯？

聖圖旺：是啊，是您的錯。如果當初您接受我說的猥褻點子，阿加特就會被兩個男人嚇一跳，而整件事就會以鬧劇收場。可是您實在太自私了，我的好朋友！您想要一個人獨享快樂！

主人：聖圖旺！

聖圖旺：就是這樣，我的好朋友。您因為自私而受到懲罰。

主人，以責難的語氣：我的好朋友！

聖圖旺轉身向後，匆匆退場。

雅克，向他的主人大叫：真是天殺的！您什麼時候才可以不要再叫他朋友？全世界都知道這傢伙給您設下一個陷阱，然後自己去告發您，可是您卻一直被蒙在鼓裡！我呢，我會成為眾人的笑柄，因為我的主人是個白痴！

第四場

主人，轉向雅克，邊說話邊走下平台：如果你主人只是個白痴也就算了，我可愛的雅克。更糟的是，他還很不幸哪。我從監獄出來了，可是我得賠他們一大筆錢呢，因為我玷污了未婚女性的名譽……

雅克，頗感安慰的樣子：主人，這還算好的了。想想看，如果這女孩子懷孕的話，不是更慘。

主人：你猜對了。

雅克：什麼？

主人：沒錯。

雅克：她懷孕了？（主人表示雅克說得沒錯；雅克將主人擁在懷裡）主人，我親愛的主人！我現在知道了，一個故事想像得到、最悲慘的結局就是這樣了。

在第四場戲中，雅克和主人之間的對話帶著一種真切的憂愁，沒有一絲喜感。

主人：我不只得付錢賠償那個小婊子的名譽損失，法院還判決要我負責生產的花費，拿錢給那個小毛頭生活，給他上學。而這小毛頭跟我朋友聖圖旺簡直像得慘不忍睹啊。

雅克：我現在知道了。人類故事最悲慘的結局，就是個小毛頭。它為愛情故事劃下一個災難性的句點。在愛情的盡頭留下一個污點。那令郎現在幾歲了？

主人：就快要十歲了。我一直把他寄養在鄉下，趁我們這次旅行的機會，我要順道去照顧他的人家裡走一趟，把我欠他們的最後一筆錢付清，然後把這個拖著兩管鼻涕的小鬼送去當學徒。

雅克：您還記得一開始的時候，他們問我們（指著台下觀眾）到哪兒去，而我回答說：難道有人知道自己要到哪兒去嗎？這會兒，您倒是很清楚我們要去哪兒嘛，我悲傷的小主人。

主人：我要讓他變成鐘錶匠，或是木匠。當木匠或許好些。他會永遠有做不完的椅子，還會生幾個小孩；這些小孩也會再做更多的椅子，生更多的小孩；然後這些小孩又會再做一大堆椅子，生一大堆小孩……

雅克：世界上將會被椅子塞滿，而這就是您的復仇。

主人，帶著一種諷刺意味的憎惡神情：草兒不再長，花兒不再開，放眼所及，只有孩子跟椅子。

雅克：孩子跟椅子，除了孩子跟椅子，沒有其他東西，這種未來的景象真恐怖。主人，我們何其有幸，還來得及死掉。

主人，深思狀：雅克，能這樣最好，因為我有時候想到椅子跟孩子，還有這一切無窮無盡的重複，我就會被搞得很焦慮……你知道的，昨天在聽拉寶梅蕾夫人故事的時候，我就覺得：這不總是同樣一成不變的故事嗎？因為拉寶梅蕾夫人終究只是聖圖旺的翻版。而我只是你那可憐朋友葛庇的另一個版本。葛庇呢，他和受騙的侯爵可以說是難兄難弟。在朱絲婷和阿加特之間，我也看不出有什麼差別，而侯爵後來不得不娶的那個小妓女，跟阿加特簡直是一個模子印出來的。

雅克，深思狀：沒錯，主人，這就像轉著圓圈的旋轉木馬。您是知道的，我祖父，就是用東西把我嘴巴塞住的那個祖父，他每天晚上都唸聖經，但是他對聖經也不是沒有意見，他總是說連聖經都不斷重複相同的事，問題是，會重複同樣事情的人，根本就把聽他說話的人都當成白痴。我呢，主人，我常常問我自己，在天上把這一切都寫好的那傢伙，他不也是沒完沒了地在重複同樣的事嗎？那難不成他也把我們都當成白痴……（雅克不再說話，主人狀似悲傷，不回答；靜默片刻；隨後雅克試圖讓主人打起精神）噢！我的老天哪，主人，別那麼難過，只要能讓您開心，要我做什麼都可以。您猜怎麼著，我親愛的主人，我要跟您說我是怎麼開始戀愛的。

主人，感傷貌：快說，我可愛的雅克。

雅克：失去貞操那天，我喝得爛醉。

主人：對，這我已經知道了。

雅克：啊，您別生氣。我直接跳到外科醫生老婆的那一段。

主人：你是跟她戀愛的嗎？

雅克：不是。

主人，突然以一種不信任的眼神打量著雅克：那就把這個女人省掉，直接切入主題。

雅克：主人，您為什麼要這麼急？

主人：雅克，有個什麼聲音在跟我說，我們剩下的時間不多了。

雅克：主人，您可把我嚇壞了。

主人：有個什麼聲音在跟我說，你得趕快把這個故事說完。

雅克：太好了，主人。我在外科醫生家待了一個星期，那時候我已經可以到外面走走了。

雅克專心說故事，而且不時看看台下的觀眾，反倒主人對兩旁的風景愈來愈感興趣。

雅克：那天風和日麗，但我走路還是跛得很厲害……

主人：雅克，我想我們就快要走到我那個雜種住的村子了。

雅克：主人，別在故事最精彩的時候打斷我！我走路還是會跛，膝蓋也還是會痛，不過那天風和日麗，此情此景彷彿就在眼前。

聖圖旺出現在舞台最前緣。

他看不見主人，但主人看得見他，而且盯著他看。

雅克轉向台下觀眾，全神投入他正在述說的故事裡。

主人，那是在秋天時分，樹木色彩繽紛，天空是藍色的，我走在森林裡的小路上，這個時候，我看見一個年輕的女孩向我走來，我很高興您沒有打斷我的話，那麼，那天風和日麗，那年輕女孩很美麗，主人，千萬別打斷我，她向我走過來，慢慢地走來，我看著她，她也看著我，她的臉龐是如此憂鬱，如此美麗……

聖圖旺，終於發現主人，驚跳了一下：是您，我的好朋友……

主人拔劍；聖圖旺也做出同樣的動作。

主人：沒錯，是我！你的好朋友，你絕無僅有、最好的朋友！（主人撲向聖圖旺，兩人開始打鬥）你在這裡幹什麼？來看你的兒子嗎？你來看他有沒有長得胖嘟嘟的？你來檢查看我有沒有幫你把他養得肥肥的？

雅克，懷著恐懼，在一旁觀看這場打鬥：小心！主人！當心呀！

然而決鬥並沒有持續多久，聖圖旺被刺倒在地。

雅克俯身探看聖圖旺。

我看他已經掛了。啊，主人，事情怎麼會變成這樣！

雅克俯身在聖圖旺的屍體上，幾個農夫跑上舞台。

主人：雅克，快點！快逃哇！

主人跑走，退場。

第五場

雅克來不及逃走。數名農夫一擁而上制伏雅克，將他的雙手縛綁在背後。雙手被縛的雅克站在舞台前緣，法官打量著他。

法官：好了，你覺得怎麼樣，嗄？你就要被丟進監獄，接受審判，然後被吊死了。

雅克，站在舞台前緣，雙手被反縛在背後：我能跟您說的，只有我連長常說的那句話：我們在人世間遭遇的一切，都是上天注定的。

法官：這倒是千真萬確的……

法官和農夫們退場，雅克獨自一人留在舞台上進行以下的獨白：

雅克：不過，我們顯然還是可以想一下，上天注定的事情，它可信的程度有多少。啊，我的主人。就因為您愛上阿加特這個蠢貨，害我得讓人吊死，結束我的一生，您有沒有從這裡頭得到什麼教訓啊？您永遠不會知道我是怎麼墜入愛河了。那個美麗又憂鬱的女孩在大宅院裡當女傭，我則是在大宅院裡當僕人，不過您永遠不會知道故事的結局了，因為我就要被吊死了，她叫作丹妮絲，我非常愛她，從此我沒再愛上過別人，不過我們彼此才認識半個月，主人，您可以想像嗎？就只有半個月，半個月而已，因為我那時候的主人，我的主人也就是丹妮絲的主人，把我送給布雷伯爵，布雷伯爵又把我送給他那個當連長的大哥，連長大哥又把我送給他那個在吐魯斯當代理檢察長的外甥，後來，檢察長又把我送給杜維爾伯爵，然後杜維爾伯爵把我送給貝盧瓦侯爵夫人，她後來跟一個英國人跑了，這事在當時還滿轟動的，不過在她跟人家跑掉以前，她還來得及把我推薦給馬第連長，沒錯，主人，就是他，每次都說一切都是上天注定的，馬第連長後來把我送給艾希松先生，艾希松先生讓我到奕思蘭小姐家工作，主人，就是您包養的那個奕思蘭小姐，不過她又乾又瘦又歇斯底里，經常惹得您受不了，每當您受不了的時候，我就會用我閒扯淡的本領逗您開心，因此您非常喜歡我，所以我老的時候，您一定還是會給我一口飯吃，因為您答應過我，我也知道您會說到做到，我們本來就永遠不會離開對方，我們兩人存在的意義是分不開的，雅克為了主人而存在，主人為了雅克而存在。可是現在我們卻分開了，就為了這麼一件蠢事！真是要命哪，主人，您自己要被那個混蛋欺騙，關我什麼事！為什麼為了您心地好、品味差，我就得讓人吊死！上天注定的事為什麼這麼蠢哪！噢！主人，在天上寫我們故事的那傢伙，一定是個很爛的詩人，是所有爛詩人裡頭最爛的詩人，是爛詩人之王，是爛詩人的皇帝！

小葛庇，雅克說最後一段話的時候，小葛庇出現在舞台前緣；他帶著懷疑的神情看著雅克，然後叫喚雅克的名字：雅克？

雅克，沒看葛庇：滾開，別煩我！

小葛庇：雅克，是你嗎？

雅克：通通滾開，少來煩我！我在跟我的主人講話！

小葛庇：天殺的，雅克，你不認得我啦？

小葛庇抓住雅克，把他的頭轉向自己。

雅克：葛庇……

小葛庇：你的手為什麼被綁住了？

雅克：因為我就要被吊死了。

小葛庇：把你吊死？不可能的……我的好朋友！幸好這個世界上還有

人記得他們的朋友！（小葛庇鬆開縛在雅克手上的繩索；然後把雅克轉過來面對自己，將雅克擁在懷裡；雅克在小葛庇的懷裡放聲大笑）你在笑什麼？

雅克：我剛剛才在罵一個爛詩人，說他怎麼會是個這麼爛的詩人，結果他就急急忙忙把你送過來，好修改一下他的爛詩，不過我跟你說，葛庇，即使是最爛的詩人也沒辦法幫他的爛詩寫出比這更讓人快樂的結局！

小葛庇：你在胡說八道些什麼，我的好朋友，唉，不管這麼多了！反正我可從來沒忘記過你。你還記得那個閣樓嗎？（換小葛庇笑了，小葛庇拍了一下雅克的背；雅克也笑了）你看到了沒有？（小葛庇指著舞台深處的台階）老兄，那不只是一間閣樓！那就像一個小教堂！那是紀念我們忠誠友誼的神殿！雅克，你大概連你給我們帶來什麼好運都不知道。記得嗎？你後來當兵去了，一個月以後，我才知道朱絲婷她……

小葛庇故作神祕地停頓了一下。

雅克：朱絲婷？她怎麼啦？

小葛庇：朱絲婷她……（又一次頗有深意的停頓）……就快要有……（靜默片刻）好啦！你猜怎麼著！……她就快要有小孩了。

雅克：就在我去當兵一個月以後，你們才知道朱絲婷懷孕了嗎？

小葛庇：我父親就沒話說啦。他只好答應讓我娶朱絲婷，而九個月以後……（頗有深意的停頓）

雅克：男孩還是女孩？

小葛庇：是個男孩！

雅克：身體有沒有很健康？

小葛庇，自豪地：這還用說嗎！為了要紀念你，我們給他取名叫雅克！信不信由你，他甚至跟你長得有點像呢。你一定要來看看他！朱絲婷會高興得要命！

雅克，轉身：我親愛的主人，我們的愛情故事還真像，很可笑吧……

小葛庇帶著雅克高興地走了；兩人退場。

第六場

主人，進場，走上空蕩的舞台；愁容滿面地叫喚著雅克的名字：雅克！我可愛的雅克！（主人環視四周）自從失去了你，這座舞台就變得像世界一樣荒涼，而世界也荒涼得像座空蕩蕩的舞台啊……我願意付出任何代價，只要你能再為我說說刀鞘與小刀的故事。這個寓言故事很下流，這就是為什麼我會唾棄這故事，拒絕接受這個故事，還說我就當這個故事不存在，因為我想要你再重說這個故事呀，而且每次重說的時候，都好像你從來沒說過那樣……啊，我可愛的雅克，如果我也能拒絕接受聖圖旺的那些事就好了！……不過，就算我們可以修改你那些美麗的故事，我自己愚蠢的愛情故事也已經成為定局，而我也確實身陷其中了，沒有你在身邊，也沒有你說的那些迷人的大屁股，唉，你不過是動動嘴巴就說得天花亂墜了……（主人開始用夢囈般的語調，彷彿在讀十二音節詩）屁股又圓又翹宛如天上滿月！……（恢復正常的語調）還是你說得對，我們不知道自己要到哪兒去。我以為我是要去看我那個雜種，沒想到我竟然是去害死我親愛的雅克。

雅克，從舞台另端向主人走近：我可愛的主人……

主人，轉身，驚訝狀：雅克！

雅克：您知道的，客棧老闆娘，也就是那位屁股看起來很可觀的高貴女士曾經說過：不管少了哪一個，我們兩個都活不下去。（主人的情緒非常激動；他倒在雅克的懷裡，雅克安慰他）別這樣，別難過了，快起來告訴我，我們要到哪兒去吧！

主人：難道我們知道我們要到哪兒去嗎？

雅克：沒有人知道。

主人：的確沒人知道。

雅克：那麼，請給我一個方向。

主人：連我自己都不知道要往哪兒去的話，怎麼給你方向？

雅克：上天注定，您既然是我的主人，您的任務就是要領導我。

主人：話這麼說是沒錯，不過你忘了還有寫得比較遠的那句話。主人當然得下命令，不過，雅克得決定主人該下什麼命令。喏，我等著呢！

雅克：好，那我決定要您帶著我……向前走……

主人，環視四周，狀甚窘迫：我很願意帶你向前走，不過，向前面在哪邊？

雅克：我要告訴您一個大秘密，人類一向都用這招來騙自己。向前走，就是不管往哪兒走都行。

主人，向四周環視一圈：往哪兒都行？

雅克，以手臂的大動作劃了一圈：不論您往哪個方向看，到處都是前面哪！

主人，意興闌珊地：實在是太棒了，雅克！太棒了！

主人緩緩轉身。

雅克，感傷地：是呀，主人，我也這麼覺得，我覺得這樣很好。

主人，做了個動作之後，悲哀地說：好吧，雅克，我們向前走！

兩人歪歪斜斜地走向舞台深處……

一九七一年七月於布拉格

在變奏的藝術上譜寫變奏

——弗朗索瓦．希加（François Ricard）

米蘭．昆德拉自陳他這本書是《宿命論者雅克和他的主人》的一曲「變奏」。事實上，《笑忘書》（一九七九年）已將這個「變奏」的概念帶入文學的世界，作者向音樂的領域借用這個概念，尤其還特別提及了貝多芬。〈天使們〉（《笑忘書》第六部）裡頭的敘事者寫道，交響樂是一曲「用音樂譜寫的史詩」，也就是一種「旅行，橫越外在世界的無窮」，而變奏曲毋寧是對另一種空間的探索，是在「內在世界無窮無盡的變化」之中旅行，變奏曲以集中、反覆、深入為軸，像某種耐心的鑽井行動，在相似的材質裡，圍繞著某個定點，持續不懈地挖掘著一條條通道，這定點始終不變，可卻無從企及，只能倚靠這般一再重新啟始的複式逼近法。如是，昆德拉說，《笑忘書》正是一組變奏曲：「幾個不同的章節一個接著一個，如同旅行的幾個不同階段，朝向某個主旋律的內在，朝向某個想法的內在，朝向某種獨一無二的情境的內在，而旅行的意涵已迷失在廣袤無垠的內在世界，我欲辯卻已忘言。」簡而言之，這是以塔米娜[6]為主旋律的一曲無窮無盡的變奏。

不過，《雅克和他的主人》正是在一個些微不同的差別之上，也譜寫了一曲變奏。要繼續以音樂來類比的話，或許我們可以說，假使《笑忘書》像是〈貝多芬作品第四十四號：降E大調十四段變奏曲〉，那麼《雅克和他的主人》毋寧就是作品第六十六號：以歌劇《魔笛》〈是情人或老婆〉（Ein Mädchen oder Weibchen）為主旋律的十二段變奏曲。當然，我所說的差別，是在這樣的假設之下：一方面變奏的主旋律是「原創的」，而在此同時，這主旋律又僅僅是向某位前輩的作品借用的。就第二種情況看來，在嚴格定義下的一曲曲變奏（複數的）之外，還存在著一曲原創的變奏（單數的），亦即某種自始就具有啟發性的模仿。

這樣的差別，儘管如此輕微，意義卻極其深遠。首先，對於作品神聖不可侵犯的內容，我會說，在變奏的藝術裡，已有某種基本的節制，或至少有某種謹慎，原作品的內容至多是在某種程度的努力下，集聚到作品之中，而作品的本質則是在這般窘迫的努力所經營的成就裡，存在於作品的轉化與深化之中。但作品的主題如果不是創造的，而僅僅是模仿自別人的作品，此時作品的本質卻可以更清晰地突顯。

6. 塔米娜，《笑忘書》的主角。

＊＊＊

本質，說起來就是在〈貝多芬作品第六十六號：十二段變奏曲〉裡貝多芬與莫札特的相遇——在後者的一個樂句裡，前者發現了一首歌，而這首歌成為前者自己的創作。同樣的，在這本小書裡，僕人與主人的對話來自狄德羅、來自斯坦恩，在這對話之上，一個卓越而美麗的對話發生了，在昆德拉與狄德羅之間，在二十世紀的捷克人與十八世紀的法國人之間，在戲劇與小說之間，而正是在這無止境的對話之中，在這思想與聲音的交流之中，文學得到了最高的實現。

我再強調一次：交流。因為，如果在《十二段變奏曲》中，莫札特把他的聲音借給貝多芬，那麼反向的借用也發生了，從此我不再以相同的態度聆聽帕米娜和帕帕吉諾[7]的二重唱，因為未來貝多芬所寫的變奏曲從此豐富了這段二重唱。狄德羅的小說也是如此，狄德羅從昆德拉那兒得到的，不下於他給昆德拉的。昆德拉劇本之精彩，劇場的雙重場面調度將角色切分（諸如大鹿客棧的老闆娘和拉寶梅蕾夫人，或是雅克和阿爾西侯爵），布景近乎全然空無，舞台上滿溢的只有演員的台詞，劇本的風格著重在刻畫雅克及其主人各自的風流韻事；簡而言之，這個化身為戲劇的讀本，讓狄德羅精彩的小說因此增色，因此更顯耀，更深化，更加屹立不搖。

在這層意義上，我們可以說，昆德拉的劇本以及他的表現手法，非常卓越地闡明了批判式的閱讀（lecture critique）亟欲達成的理想（「我閱讀的時候，」雅克．布侯特[8]說，「有點像樂手或是演

7. 帕米娜（Pamina）和帕帕吉諾（Papageno）都是歌劇《魔笛》裡的人物。帕米娜是「夜之女王」的女兒，被魔鬼綁架。帕帕吉諾是捕鳥人，在劇中隨同王子前往城堡營救帕米娜。

8. 雅克．布侯特（Jacques Brault），加拿大詩人、小說家、評論家，曾任蒙特婁大學教授，曾獲「加拿大總督獎」等多種文學獎項。

員，我詮釋著劇本，我在自己身上、在自己身體裡表演著。」）。只要我們這麼做的時候，不要誤解了《雅克和他的主人》。這個劇本完全不是狄德羅小說的一個註解，完全不是「改編」或*rewriting*的作品，也完全不是一項研究，這劇本是名副其實的一個創作。

換個角度來看，如果狄德羅的小說因為昆德拉的劇本而增添光彩，並且增添了意義，那麼，這其中最美好的，或許是昆德拉對其前輩作品的信心，以及《雅克和他的主人》的書寫所展現的信心：信心，換句話說，就是贊同與尊敬。一方面以他人為模型，另一方面卻也自覺地保留著自我，自覺地在他人浮現的輪廓之中發現自己的面容，也在讚賞的同時進行創作。

我們很自然地會就這一點進行評論，但我們能做的，也不過是重述雅克．布侯特在他《四方詩集》（Poèmes des quatre côtés）的散文段落裡已經提過的「非翻譯」（nontraduction），這個說法究其實，是以另一種方式描述了昆德拉以變奏之名所指稱的概念。「非翻譯，是忠誠的，它嚮往著不忠。」

＊＊＊

有時我會覺得，似乎該有某種關於變奏的道德，甚至某種形而上的思想。然而這樣的道德和形而上的思想卻帶著奇特的諷刺意味，它所呈現的或許是昆德拉所有作品裡最重要的一個意義（或者「反意義」），我們可以用如下的說法來描述：**獨一無二**，是一個陷阱，我們始終是**一整套東西裡**的一個部分，換句話說，我們始終不如我們所想像的那麼獨特，一切的不幸都因為我們汲汲營營地追求差異。原創性是一個幻象，是一種純然屬於青春期的產品，是一種自以為是的恣態。（見《生活在他方》，或《笑忘書》的〈Litost〉）。於是，唯一真正的自由乃因意識到重複而生，唯一的自由也就是唯一的智慧。

事實上，在《玩笑》裡，小說的敘事者呂德維克發現的是什麼？除了他那虛幻的報復性格（也就是他亟欲獨一無二的想望），還有什麼？而這般的卑微，讓他在小說最終的時候，重新加入了村裡的小樂團，這樂團的一切藝術根柢，是以一些民俗曲調為主旋律，生產出無窮無盡的變奏曲，這種卑微的意涵，除了說是那些已然不再堅持自己命運獨特的人所發出的微笑，還能是什麼？這也是雅克在《笑忘書》最終的部分即將發現的事：「重複是讓邊界現形的一種方法」；邊界，就是一道意識的線，越過邊界，「笑就會在那兒迴盪」。而在《雅克和他的主人》裡，在整齣戲的最後，同樣地，主人會向雅克坦承：

「我有時候想到椅子跟孩子，還有這一切無窮無盡的重複，我就會被搞得很焦慮……你知道的，昨天在聽拉寶梅蕾夫人故事的時候，我就覺得：這不總是同樣一成不變的故事嗎？因為拉寶梅蕾夫人終究只是聖圖旺的翻版，而我只是你那可憐朋友葛庇的另一個版本。葛庇呢，他和受騙的侯爵可以說是難兄難弟。在朱絲婷和阿加特之間，我也看不出有什麼差別，而侯爵後來不得不娶的那個小妓女，跟阿加特簡直是一個模子印出來的。」……

「沒錯，主人，」雅克答道，「這就像是轉著圓圈的旋轉木馬。」雅克還補充了一段：「我常常問我自己，在天上把這一切都寫好的那傢伙，他不也是沒完沒了地在重複同樣的事嗎？那難不成他也把我們都當成白痴……」白痴啊，可不是嗎？尤其是不願意面對舉世皆然的重複，跟莫札特年輕的仰慕者一樣，瘋狂地相信自己可以擺脫無窮無盡變奏鎖鍊的束縛。

終究還是阿方索先生說得有理：女人皆如此……[9]

一九八一年於蒙特婁

遊戲式的重新編曲

讓我們把兩件事分清楚：一則是：為過去遭人遺忘的音樂原理平反的普遍傾向，這樣的傾向滲透在史特拉汶斯基[10]和他同時代的偉大作曲家的作品之中；另一則是：史特拉汶斯基和其他作曲家的直接對話，一次是和柴可夫斯基[11]，另一次是和裴戈雷西[12]，後來是跟杰蘇阿爾多[13]，等等；這些「直接的對話」，亦即把這一部或那一部舊有的作品、把這樣或那樣具體的風格進行重新編曲，這是史特拉汶斯

9. 阿方索先生（don Alfonso）是莫札特的歌劇《女人皆如此》（Cosi fan tutte）的人物，老光棍阿方索先生跟兩位年輕軍官打賭，說女人的貞節不值得信賴，但兩位軍官卻相信女友不會背叛他們。劇終證明阿方索先生是對的，但他說這是人的天性，無需責怪，因為女人皆如此。
10. 史特拉汶斯基（Igor Stravinsky，一八八二—一九七一），俄國作曲家。
11. 柴可夫斯基（Pyotr Ilich Tchaikovsky，一八四〇—一八九三），俄國作曲家。
12. 裴戈雷西（Giovanni Battista Pergolesi，一七一〇—一七三六），巴洛克時期義大利作曲家。
13. 杰蘇阿爾多（Carlo Gesualdo，一五六〇—一六一三），文藝復興時期義大利作曲家。

基特有的做法，實際上，在他同時代的作曲家身上是找不到的（我們在畢卡索身上可以找到）。

阿多諾[14]如此詮釋史特拉汶斯基的重新編曲（我且突出一些關鍵詞）：「這些音符（這裡說的是那些不協調的、格格不入的音符，像是史特拉汶斯基在《浦契涅拉》[15]裡運用的那些音符——米蘭．昆德拉）成為這位作曲家對民族語言施加暴力留下的痕跡，而人們在這些音符裡細細品味的，正是**這暴力**，正是**這粗暴對待音樂、以某種方式謀殺音樂的生命的手法**。如果說不協調在過去是主觀痛苦的表現，那麼，不協調帶來的粗礪刺耳，現在有了新的價值，它成了某種**社會約制的標記**，它的代理人是這位引領潮流的作曲家。他的作品除了這種約制的標誌之外，別無其他素材，這約制對樂曲主題來說，是外部的必然性，和他之間沒有共同的尺度，對他而言，這約制僅僅是外部強加的。或許，史特拉汶斯基的新古典主義作品所獲得的廣大迴響很大部分是因為這些作品——在沒有意識的情況下，在唯美主義的色彩下——已經以自己的方式教化人類接受某種東西，不久之後，這種東西也會在政治上有條有理地強加在人類身上。」

讓我們重新整理一下：不協調的聲音只有在它是「主觀痛苦」的表現的時候，才是合理的，但是在史特拉汶斯基的作品裡（他在道德上是有罪的，我們都知道，他沒有說出他的痛苦），這樣的不協調是粗暴的記號；這種粗暴和政治上的粗暴被並列對照（藉由阿多諾思想精彩的短路）：如是，不協調的和弦加在裴戈雷西的音樂上，預示著（也可以說是預備著）即將來臨的政治壓迫（而這壓迫，在具體的歷史脈絡裡，僅可能指涉一件事：法西斯主義）。

14. 阿多諾（Theodore W. Adorno，一九〇三—一九六九），法蘭克福學派學者。

15. 《浦契涅拉》（Pulcinella），芭蕾舞劇，音樂部分為史特拉汶斯基所編寫，使用巴洛克時期作曲家嘉洛（Domenico Gallo，約一七三〇—不詳）和裴戈雷西的音樂作為素材。

我也有過經驗，把前人的作品拿來自由重新編曲，那是在七〇年代伊始，那時我還在布拉格，我動手寫了《宿命論者雅克和他的主人》的一個戲劇變奏。對我來說，狄德羅是自由、理性、批判精神的化身，在我對他的感情裡，彷彿有一種對於西方的鄉愁（在我眼中，俄羅斯佔領我的國家，是一種強制的去西方化）。但事情總是永無休止地改變著意義：今天，我會說狄德羅之於我，是小說藝術的初期的化身，我的戲劇則是對舊時小說家所熟悉的一些原則的頌讚；這些原則對我來說非常珍貴：1）歡愉的寫作自由；2）放蕩的故事與哲學的反思之間恆常的鄰近關係；3）這些反思不當一回事、諷刺、戲謔、嚇人的性格。遊戲的規則很清楚：我所做的並不是改編狄德羅，這是我自己的戲劇，是我變奏的狄德羅，是我向狄德羅致敬的作品：我完全重寫了他的小說：即使那些愛情故事取自狄德羅，但是對話之間的反思卻是我自己的；任何人都可以一眼看出來，有些句子不可能出自狄德羅的筆下；十八世紀是樂觀主義的世紀，我的時代卻已不復如此，我自己則是又下了一層，主人和雅克這些人物更在我的劇作裡恣意揮灑著黑色的荒謬行徑，這在啟蒙時代是無法想像的。

有了這次小小的經驗之後，我只能把那些批評史特拉汶斯基粗暴和暴力的話當作是傻話。他喜愛他年老的大師一如我喜愛我的大師。當他把二十世紀不協調的音符加在十八世紀的旋律上，或許他想像的是，可以讓他在天上的大師感到驚奇，可以向大師吐露某些關於我們時代重要的事情，甚至可以讓大師開心。他需要找大師說話，向大師述說。對史特拉汶斯基來說，把一個舊有的作品做遊戲式的重新編曲，就像是在世紀間建立聯繫的某種方法。

《被背叛的遺囑》片段，一九九三年

作者補記——

關於這齣戲的身世

我寫作《雅克和他的主人》可能是一九七一年的事（說「可能」，是因為我沒有記下任何日記），寫的時候隱約想像著，或許可以借個名字，找一家捷克的劇院來演這齣戲。我在一九八一年的〈序曲〉裡就是這麼說的。但是為了必要的謹慎，當時我不能接著說，這「隱約的想法」後來真的實現了，在一九七五年的十二月，也就是我離開捷克之後六個月，我的朋友艾瓦德．秀恆（Evald Schorm）（六〇年代捷克電影新浪潮的要角之一）把他的名字借給這齣戲，在外省的一家劇院搬演。他的詭計避過了警察的耳目，直到一九八九年，這齣戲已經在全國各地巡迴過，甚至也不時在布拉格演出。

一九七二年，一位年輕的法國劇場導演喬治．威赫烈（Georges Werler）來布拉格看我，把我的《雅克》帶去了巴黎，九年之後，也就是一九八一年，在巴黎的馬杜漢劇院（theatre des Mathurins），他把這齣戲搬上了舞台。同年，這個劇本的法文版收在戛利瑪（Gallimard）出版社的「舞台簷幕」（Le Manteau d'Arlequin）系列中出版了（一九九〇年改版時，我又徹底修改過一遍），附上弗朗索瓦．希加寫的跋和我自己寫的引言〈序曲——寫給一首變奏〉。這篇引言是對於《宿命論者雅克》的一個反思（對我來說，狄德羅的這本書是小說史上最偉大的作品之一），同時，這篇序文也是記錄一個捷克作家心靈狀態的文件，一個依然被俄羅斯的入侵震撼著心靈的捷克作家。「在俄羅斯黑夜無盡的幽暗裡……」，當時，我不知道這個「無盡」再撐也撐不過八年了。

我們作預測的時候，永遠都會猜錯。不過，也沒有什麼東西比這些錯誤更真實：人們對未來的想像裡，總是帶有他們當下歷史處境的存在本質。我們會把一九六八年俄羅斯入侵當作一場悲劇，那並不是因為當時的迫害有多麼殘酷，而是因為我們以為一切（一切，也就是連這個國家的本質也包括在內，亦即這個國家的西方精神〔occidentalite〕）都已經永遠失去了。顯而易見的，一個陷在這般絕望之中的捷克作家，自然而然地，他要尋求慰藉，尋找支持，或是喘口氣，而他正是在狄德羅如此自由卻又這麼不嚴肅的這部小說裡，找到了這一切。（到了巴黎之後，我才知道，我對這部小說的激情不只是顯而易見，同時也很令人困惑：《宿命論者雅克和他的主人》竟然在它的祖國如此被低估，而它該感謝的拉伯雷〔Rabelais〕傳統，也有相同的命運。）

這齣戲已經被翻譯、出版成許多語言的版本（有時根據捷克文，有時根據法文），經常在歐洲、美國（西蒙·卡婁〔Simon Callow〕在洛杉磯搬演此劇，蘇珊·宋塔〔Susan Sontag〕在波士頓）、甚至在澳洲上演。我只看過幾場；在這幾場演出當中，我特別喜歡札格瑞伯[16]（一九八〇年）和日內瓦的那場（一九八二年）。有一次，有個比利時的劇團做了一次晦暗不明又過度雕琢的演出，讓我明白了我的變奏原則可以遭受到何等的誤解。那些有寫作狂傾向的劇場導演（今天，哪個導演沒有這種傾向？）他們會說：既然昆德拉可以從狄德羅的小說弄出一個變奏，難道我們就不能用他的變奏再做一個自由變奏嗎？胡言亂語，真是莫此為甚了。

當我明白了劇場人對待劇本有一種無法撼動的放肆從容，對於這齣戲，我對劇本讀者的期待毋寧是多過劇院觀眾的。從此，我只授權給業餘愛好者的劇團（這齣戲在美國有數十個學生劇團演出過），或是貧窮的職業劇團。在財務拮据的情況下，我看到場面調度的單純得到保證。其實，在藝術裡，沒有什麼比一個矯揉造作的低能兒手握大把金錢所造成的破壞更具災難性了。

一九八九年底，「俄羅斯黑夜無盡的幽暗」終結了，從此，《雅克和他的主人》在諸多捷克和斯洛伐克的劇院演出（光是布拉格一地，就有三個不同場面調度的演出版本）。他們對劇本的理解，帶給我一場又一場的饗宴。他們的演出，帶著何等的幽默，帶著何等令人感傷的幽默！（多年來，這齣戲在布拉斯提拉伐[17]不斷演出，主角由我認識的兩位偉大喜劇演員拉席卡（Lasica）和沙定斯基（Satinsky）擔綱。）奇怪的是：這個直接受到法國文學啟迪的劇本，或許在我不知不覺的情況下，寫成了我最有捷克味的劇本。

（最後附帶一提：最近，本劇於莫斯科演出。非常傑出，有人這麼告訴我。我又再一次想起〈序曲〉中的這一段：「俄羅斯黑夜無盡的幽暗」。而我也聽見雅克對著我說：「我親愛的主人，我們從來不知道我們要往哪兒去。」）

一九九八年於巴黎

16. 札格瑞伯（Zagreb），克羅埃西亞共和國的首都。
17. 布拉提斯拉伐（Bratislava），斯洛伐克共和國首都。

國家圖書館出版品預行編目資料

雅克和他的主人：向狄德羅致敬的三幕劇/米蘭・昆德拉（Milan Kundera)著；尉遲秀譯. -- 二版.-- 臺北市：皇冠, 2020.03面；公分. --（皇冠叢書；第4830種；米蘭・昆德拉全集；5）
譯自：Jacques et son maître: hommage à Denis Diderot en trois actes

ISBN 978-957-33-3519-1（平裝）

876.57　　109001522

皇冠叢書第4830種
米蘭・昆德拉全集 5

雅克和他的主人
向狄德羅致敬的三幕劇

Jacques et son maître:
hommage à Denis Diderot en trois actes

作　　者—米蘭・昆德拉
譯　　者—尉遲秀
發 行 人—平雲
出版發行—皇冠文化出版有限公司
台北市敦化北路120巷50號
電話◎02-27168888
郵撥帳號◎15261516號
皇冠出版社(香港)有限公司
香港上環文咸東街50號寶恒商業中心
23樓2301-3室
電話◎2529-1778　傳真◎2527-0904
總 編 輯—許婷婷
責任編輯—張懿祥
美術設計—王瓊瑤
著作完成日期—1981年
二版一刷日期—2020年3月

法律顧問—王惠光律師

讀者服務傳真專線◎02-27150507
電腦編號◎044105
ISBN◎978-957-33-3519-1
Printed in Taiwan
本書定價◎新台幣300元/港幣100元